MADAME

Alika Pires

MADAME

Diretor Editorial | Gustavo Abreu
Diretor Administrativo | Júnior Gaudereto
Diretor Financeiro | Cláudio Macedo
Logística | Daniel Abreu
Comunicação e Marketing | Carol Pires
Assistente Editorial | Matteos Moreno e Maria Eduarda Paixão
Designer Editorial | Gustavo Zeferino e Luís Otávio Ferreira
Capa | Sérgio Ricardo
Diagramação | Renata Oliveira
Revisão | Camila Araújo

Dados Internacionais de Catalogação na Publicação (CIP) de acordo com ISBD

P667m Pires, Alika

Madame / Alika Pires. - Belo Horizonte, MG : Letramento ; Temporada, 2023.
102 p. ; 14cm x 21cm.

ISBN: 978-65-5932-304-3

1. Literatura brasileira. 2. Romance. I. Título.

2023-727 CDD 869.89923
CDU 821.134.3(81)-31

Elaborado por Odilio Hilario Moreira Junior - CRB-8/9949

Índice para catálogo sistemático:
1. Literatura brasileira : Romance 869.89923
2. Literatura brasileira : Romance 821.134.3(81)-31

Rua Magnólia, 1086 | Bairro Caiçara
Belo Horizonte, Minas Gerais | CEP 30770-020
Telefone 31 3327-5771

TEMPORADA
é o selo de novos autores do Grupo Editorial Letramento

editoraletramento.com.br ▴ contato@editoraletramento.com.br ▴ editoracasadodireito.com

sumário

Madame

substantivo feminino

1. mulher adulta; dama, senhora.

2. gerente de prostíbulo; alcoviteira, caftina.

UM

A vida exuberante de Madame começou quando ela tinha mais de sessenta anos terrenos. Somente então foi que ela se permitiu ser quem realmente era e quem queria ser, danassem-se os outros.

Os outros – o que incluía Todos menos ela – que se virassem, se entendessem, se aceitassem. Perdera o interesse. Voltou-se total e completamente para si mesma.

Egoísta, diriam alguns.

Egocêntrica, diriam outros.

Estavam todos certos. A verdade é que Madame estava pouco se lixando. Cortou fundo os laços de dependência e desamor que a ligavam a quem não merecia estar nas proximidades de sua excelsa pessoa. Seu excelso Ser. Seu Ser Maravilhoso e Radiante.

Madame permitiria que sua Rainha brilhasse soberana em seu reino. Madame sabia que somente assim seria feliz – aquela felicidade boa, que deriva da alegria de ser quem é e estar onde quer com quem quer na hora que quer e do jeito que quer. Tudo isso junto e ao mesmo tempo agora.

Madame demorou quase uma vida para descobrir e aceitar isso. Madame não pretendia desperdiçar nem um momento/segundo mais com baboseiras outras.

Madame tinha agora um brilho nos olhos que vinha de dentro, das profundezas de seu excelso Ser. E isso era bom. Muito bom. Bom mesmo.

DOIS

Andava inquieta a nossa Madame. Queria fazer algo diferente, mas não tinha ideia do que poderia ser. Sua liberdade era recém-conquistada, muito frágil ainda.

Na verdade, Madame tinha sim uma ideia do que queria experimentar fazer. Mas era tão grande, tão enorme, tão glamurosa, "*tão tão*", que ela estava com medo.

Logo ela. Uma Madame intrépida e corajosa. Rainha. Magnificente. Forte e Brava. E agora, nesse momento crucial de sua vida, Madame estava paralisada. Um pouco, mas estava.

Ela queria acertar.

Ela queria triunfar.

Afinal de contas, com todo o seu "*background*", Madame tinha a si mesma em alta conta. Falhar ou errar era quase inadmissível para ela. Ela não se importava muito com isso, mas se importava, *entende*? Então, ficava dividida. E, se estava dividida, dividia também suas forças e aí tudo desandava. Era preciso estar inteira, íntegra e total. Madame sabia disso muito bem.

Ela tinha mais de sessenta. Muito mais. Vivida. Rodada. Alta quilometragem.

Madame não era de brincadeiras nem estava para brincadeiras. Não agora, quando todo o seu Ser estava em jogo e também a sua vida daqui para a frente.

Então, Madame conjurou as suas forças e foi à luta.

Pelos seus ideais. Pelos seus sonhos. Pelos seus planos. Pelos seus projetos.

Por tudo e qualquer coisa que ela desejasse, porque, afinal de contas, ela era ela. E era ela por ela agora.

TRÊS

O que era ou significava "exuberância" para Madame? A natureza é exuberante. E abundante.

Abundância, fartura, opulência...

Exuberância de espécies, cores, formas, tipos, cheiros, sabores. É bom ser exuberante. A vida é exuberante.

Madame queria "*exuberar*". Exuberar sua alegria, sua vontade de viver, de comungar com tudo o que a cercava. Menos os humanos. Madame tinha um certo problema com os humanos, *sabe*? Pois é. Ela não gostava muito da proximidade com eles por muito tempo. Podia tolerar por algum tempo – mas só por algum tempo.

Ela nunca entendeu isso muito bem. Mas a verdade é que ela era e é meio antissocial. As pessoas a cansam um pouco. E Madame é muito, muito sensível. Hipersensível. A tudo. Ela é delicada, suave, vulnerável, doce, frágil, até. Mas não se engane porque ela também é forte. Muito forte – essas idiossincrasias da vida.

Ela é assim meio que contraditória, *sabe*? Feita de opostos que convivem em um equilíbrio dinâmico e delicado. Qualquer coisa pode fazer a balança pender para um lado e – *blam*! Cai tudo.

Então Madame desmorona. Chora. Sofre. Perde seu brilho no olhar. Nessas ocasiões ela precisa de algum tempo a sós para se recuperar.

Pois é. Madame faz tudo sozinha porque aprendeu assim. Ela não confia em ninguém. Ela sabe que isso não é legal nem recomendado, mas ela é assim. Ela aprendeu a ser assim. Foi como ela teve que fazer para sobreviver à sua estória.

Todo mundo tem que fazer suas escolhas na vida. Madame também fez as dela.

Rainha poderosa.

Solitária sempre.

Poder demais.

Solidão proporcional.

E foi assim que Madame chegou aos sessenta e muitos.

Agora Madame quer ser diferente. Viver seu mundo mágico em sua totalidade todos os dias.

Ela tem muitas amizades nos reinos não humanos – seja lá o que isso for, é a pura verdade.

Madame não mente. Nem mentiria.

Ela não precisa. Ela não quer.

Ela é muito direta e paga um alto preço por isso. Não tem problema. Madame é rica.

É o que dizem dela.

QUATRO

Madame andava cheia de ideias. Queria realizar coisas. Muitas coisas.

Ela quer.

Ela é forte e seu querer é forte. Ela é determinada. Destemida. Aloprada. Ela adora ser aloprada. Mesmo sem ter muita certeza de o quê, afinal de contas, isso significa exatamente.

Madame quer causar. Aloprar. Chacoalhar. Renovar. Transformar. Mexer e misturar. Bagunçar.

Definitivamente, Madame não gosta de coisas previsíveis e certinhas. Nem de pessoas assim. É claro que Madame respeita o direito de cada um ser como é. Isso, para ela, é sagrado. Até porque ela se permite e se dá o direito de ser como é.

Agora.

Porque houve tempo em que Madame quis agradar.

Todo mundo.

Qualquer um.

Madame errou feio na vida. Muito feio e muitas vezes. Mas fazer o quê? Naquela época Madame não sabia que podia e devia, tinha o direito – dever, até – de ser quem ela era e é. Todo dia, toda hora.

Isso é imperativo para Madame hoje. Nesse momento da vida de Madame simplesmente não há como ser diferente.

Há tanto por fazer.

Tanto por conhecer.

Tanto por aprender e experimentar.

Uma infinidade de possibilidades se conformam todos os dias na sua frente. É só escolher. E não precisa nem ser muito cuidadosa. Madame vem desejando que o cuidado se exploda. Quer escolher. Quer se jogar no mundo. Quer se perder. Nesse momento ela não está nem um pouquinho interessada em se encontrar. Não mais.

Madame cansou, queridos. Cansou muito. Além da conta. Agora ela quer desfrutar do que tem. Fazer de cada coisa, cada momento, cada pequeno item de sua vida o MÁXIMO.

Quer colocar uma lente de aumento. Quer enxergar de verdade. Por dentro e por fora. Por todos os lados e de todos os jeitos.

Madame se descobriu curiosa. Muito curiosa. Um poço de curiosidade. *E daí?* A curiosidade é dela e ela faz o que quiser com ela. É verdade que são muitas opções, muitas possibilidades. Mas Madame aprendeu a se concentrar em uma única escolha por vez e esquecer o resto por um tempo. Pelo tempo necessário para aprender o quanto quiser naquele ponto e depois passar para o outro, e assim sucessivamente.

Isso vai acabar um dia?

Tomara que não!

Madame não quer que acabe algo tão bom que começou tão tarde e que faz Madame tão feliz.

Porém, Madame já viveu o bastante nesse mundo para saber que as coisas são imprevisíveis mesmo que tenham um certo padrão de previsibilidade. E sempre pode haver surpresas. Sem problemas. Elas são bem-vindas.

Nesse caso, Madame reajusta a rota, chora suas perdas, lambe suas feridas, traça novos planos e segue em frente. Ou dá a volta. Ou pula. Ou se joga. Ou mergulha. Ou sei lá.

Qualquer coisa que no momento pareça mais interessante ou fácil, ou desafiador ou gostoso, sabe-se lá...

Madame não sabe. Ela não tem como saber. Ainda.

Mas no devido momento ela saberá.

CINCO

Alto verão, um sábado que se iniciava quente e Madame sofrendo com o calor. O ideal seria ela estar no campo ou em uma praia deserta. Só para ela.

Egoísta, essa mulher.

Madame adora a solidão e odeia socializar. Muita gente, muito barulho, muita conversa, muita sujeira – Madame está fora. *Difícil, essa mulher.*

Então ela se imagina em uma praia deserta, em uma casinha fresca, simples, gostosa. Com vegetação no entorno, para prover um microclima agradável com sombra e frescor. Uma casinha rodeada por uma varanda. Avarandada.

Com redes e cadeiras confortáveis. E uma pequena piscina. Eu sei - ela está no litoral - mas uma pequena piscina de água doce por perto é sempre bom. Bem pequenininha. Um ofurô, talvez.

Dentro, uma sala integrada com a cozinha e duas pequenas suítes. Uma para ela (a maior) e outra para hóspedes (a menor, claro). Seus muito raros hóspedes. Na sala, Madame tem seus livros, suas revistas de arte e decoração e objetos com significado para ela. Poucos. Madame simplificou a vida e se desapegou do passado. Mas algumas coisas são lastro.

A cozinha é simples e bem equipada. Bem iluminada e fresca. Madame adora cozinhar. Ela sabe que tudo está bem no seu mundo quando tem vontade de ir para cozinha e inventar alguma coisa para comer.

Há muitas frutas e verduras espalhadas em tigelas e *bowls*. E flores e ervas também. Todo esse povo convivendo pacificamente na cozinha de Madame.

Lá fora, um quintalzinho com uma pequena horta, onde Madame cultiva suas ervas e flores. E legumes e verduras.

E o mar é logo ali em frente. Calmo, estriado, plano. Azul de encher os olhos – todas as tonalidades do azul. Atravessando o portão do seu quintal ela chega na areia limpa e macia.

Madame adora caminhar na praia sozinha ao amanhecer e ao entardecer. E ela sempre encerra os passeios com um banho de mar. Adora o contato fresco e frio da água salgada e limpa em seu corpo. É tão revigorante e acolhedor! O mar é mágico. O mar é misterioso. Seu fluxo e refluxo deixam Madame extasiada. Ela adora ficar na beira da praia olhando para o mar, com suas ondas indo voltando, quebrando na areia com suavidade.

E ver o dia nascer ali é um presente especial.

Naquele sábado, Madame nem esperou que o sol rompesse o horizonte para entrar na água, que estava cálida e cujo contato foi reconfortante como um abraço amoroso e prolongado. Madame mergulhou. De cabeça. Nadou um pouco. Mergulhou de novo. Como aquilo era bom.

E especial. E simples. E perfeito. Simplesmente perfeito.

Madame ficou um longo tempo comungando com a água salgada do mar imenso. Imersa em pensamentos e sensações. Sozinha com ele.

Ela e Ele.

Juntos.

Então se despediu e voltou feliz para casa. Sua casinha cheirosa e gostosa. Preparou seu desjejum, que não foi simples porque Madame estava faminta e comia bem. Um café bem forte, que ela tomava com um pingo de leite. Duas fatias do pão que ela mesma tinha feito, que colocou na torradeira. Geleia de frutas vermelhas e queijo branco. E uma fruta.

Tudo isso ouvindo Mozart, claro. Que dia promissor!

Mar. Sol. Música. Alimento.

Alimentos para a alma.

SEIS

Hoje Madame estava no campo. Ela gostava de alternar seus dias entre praia e campo. Mas a verdade é que o campo e as montanhas sempre foram o céu para ela. Na sua casa de campo havia uma lareira na sala. Os livros amados espalhados pela casa toda – *pois é,* eu disse que ela simplificara a vida e desapegara, mas os livros eram sua paixão. Não dava para ficar sem.

Sua casa de campo era um charmoso chalé ensolarado e rodeado de vegetação. O seu lugar no mundo. Madame não vive sem verde e natureza. Árvores antigas viviam em um bosque próximo, exalando aquele cheiro maravilhoso e inebriante de terra, folhas, flores, caules, raízes e resinas misturados, mesclados, entranhados um no outro.

Quando estava ali, Madame fazia seus passeios matinais e vespertinos no bosque e nas colinas ao redor. Caminhava até a pequena cidade por caminhos dentro da mata conhecidos apenas por ela e uns poucos.

Porque Madame se aventurava. A mata chamava. E ela ia. E descobria, a cada dia, um mundo novo e diferente. Cheiros, cores, formas e texturas nas plantas e animais.

Ela conversava com todos, sem distinção. A todos cumprimentava ao passar. Quantos amigos queridos residiam por ali, naqueles caminhos! Naquele lugar seu coração batia em paz, aquecido e acolhido.

Havia um regato no bosque. Era pequeno e raso, mas Madame se banhava nele sem cerimônia. Já se aproximava avisando e convocando. Cantava baixinho canções doces e suaves, despia-se e entrava naquela água fria. Era tão bom! Às vezes, a água estava gelada e ela entrava mesmo assim.

Corajosa, a Madame.

Era assim que ela treinava sua coragem. Logo cedo, um banho de rio, no meio do mato. Assim que saia da água, Madame corria para o sol para se aquecer e secar um pouco. Era uma delícia sentir o sol acariciar seu corpo.

E tão logo secava seu corpo, Madame se vestia e fazia o caminho de retorno, feliz da vida. Os pássaros cantando, pequenos ruídos da mata, o verde exuberante que a cercava... tudo isso alimentava profundamente seu ser.

Já no chalé, Madame caprichava no desjejum. Suco verde feito com ingredientes da sua pequena horta, o pão que ela mesma fizera e um café bem forte. Porém, às vezes, Madame seguia caminho até a cidadezinha e fazia seu desjejum por lá mesmo. Um iogurte natural e uma boa xícara de café – ou um chá bem forte – acompanhados de um croissant – um só.

Depois, aproveitava para fazer a feira e recompor o que estava faltando na sua despensa. Voltava feliz da vida para seu chalé e colocava um "*som na caixa*". Beethoven – a Pastoral – que ela amava. E ia organizando as coisas pela casa.

Então passava às suas artes. Nos dias frios, fazia o fogo na lareira logo cedo e abria mão graciosamente do banho de rio – somente se estivesse realmente muito frio. Porém, se o frio fosse suportável, Madame não se importava e pulava no rio com entusiasmo. O mesmo entusiasmo que a fazia voltar correndo e rindo para casa e tomar um outro banho bem quente e ir para frente do fogo com uma xícara de chá bem quente nas mãos. Esse contraste era delicioso.

Madame fazia seus chás com ervas de sua própria horta e ia bebericando durante o dia. Alecrim, manjericão, hortelã, sálvia, erva-doce. Tudo isso crescia por lá.

Ao meio-dia, dava uma parada nos trabalhos para fazer um almoço leve – uma salada ou uma sopa cremosa – e depois um descanso com direito a uma soneca, se ela estivesse sentindo vontade.

O silêncio deste lugar. *Ah, o silêncio deste lugar!* Era tudo com que Madame havia sonhado durante uma grande parte de sua vida. Aqui ela era muito feliz. Seu ser vibrava em elevada frequência e ela estava em paz.

Nessas ocasiões, Madame era infinitamente grata ao Universo porque se sentia – de fato – parte dele. Parte viva e integrante e amada e pertencente. Uma sensação que perseguira por anos em sua vida. Estar naquele chalé, naquele lugar, daquele jeito, era o paraíso de Madame. Permanecia lá pelo maior período possível.

Ali, ela se esquecia do mundo e, melhor, o mundo se esquecia dela. Ela adentrava outra dimensão. Conectava-se de tal forma com a natureza que a circundava que era difícil trazê-la de volta.

Na verdade, Madame só voltava porque era obrigada a fazê-lo. Porque Madame não era totalmente livre. Madame tinha família. E a família a amava. Então, Madame tinha que voltar. Ela não podia sumir nas fendas entre os espaços dos mundos.

Por isso ela voltava.

SETE

Madame não era muito fã do calor, já dissemos. Ela gostava do verão. Um pouco. Muito pouco. Sofria com o calor excessivo. Ele tinha o dom de irritar Madame. E Madame irritada era insuportável – até para ela mesma.

O amor dela – a natureza dela – a natureza selvagem e natural de seu ser era o inverno. O frio. Inclemente, duro e impassível. Lugares frio, gelados, brancos, solitários e silenciosos. *Ah!!* Como ela amava isso.

Sentia uma forte ligação com esses lugares e circunstâncias. Uma familiaridade. Uma pertencença. Algo que ela não sabia explicar com a mente, mas sentia intensamente em seu ser interno. Conexão. Pertencença. União. Unidade. Casa. Lar. O inverno e os lugares frios evocavam tudo isso nela, por mais incrível que possa parecer.

Amava profundamente ficar isolada em seu chalé no inverno. Ela havia feito construí-lo levando em conta as condições do local, de modo a tirar o melhor proveito da insolação, ventilação e localização do terreno. Era fresco no verão e quente no inverno. Proporcionava o calor e acolhimento e conforto que ela buscava. E a tão sonhada solidão.

Porque ela amava, de fato, o inverno. Mas não gostava nem um pouco de passar frio. Amava quando, nos dias muito frios, o fogo de sua lareira ardia o dia inteiro. E Madame tinha um luxo todo seu: uma lareira no quarto! Isso era – para ela – o luxo dos luxos.

É verdade que também tinha uma banheira antiga em seu banheiro, na qual tomava longos banhos com suas variadas misturas de ervas e flores e óleos essenciais. Outro de seus luxos.

Nessas ocasiões, Madame aproveitava cada segundo de sua vida perfeita. Para ela, era mesmo uma vida perfeita. Finalmente. Após uma grande parte de sua vida ter sido graciosamente – às vezes nem tanto – doada, agora, Madame vivia como queria.

Sozinha. Em paz.

É claro que, para isso, ela tinha construído sua rede de apoio.

Há anos Madame sabia que as coisas não aconteciam como que em um passe de mágica, embora acreditasse de verdade em mágica e magia. Mas ela era organizada. Tinha planejado cuidadosa e diligentemente esse momento especial de sua vida. Tinha ansiado por ele. Sonhado com ele. Fantasiado com ele.

E ele estava no seu aqui e agora. Porque ao sonho seguiram-se planejamento, organização e ação dirigida e focada. Além de trabalho, muito trabalho.

O chalé era de fato bem pequeno. E tinha tudo o que Madame queria e de que precisava. E estava no lugar que ela havia desejado. Mata, bosque, montanha, riacho, jardim, quintal, horta, lareira, banheira... E seu estúdio de criação.

Porque Madame era uma artista.

Amadora, é verdade. E ainda assim uma artista. Do fundo do seu ser. Das profundezas de suas entranhas. Do âmago de seu ser. Essas coisas.

Inteira.

Toda.

Sempre tinha sido. Mas precisou passar por muitos caminhos e descaminhos para chegar aqui hoje. Conquistar a si mesma tinha sido a mais difícil, desafiadora, aterradora e desgastante tarefa que lhe havia sido imposta em toda sua existência – até agora (*ui*!).

Tinha sido bom.

Madame triunfara.

Sobre si mesma – o que é mais difícil.

OITO

Madame acordou cedo naquele dia. Bem mais cedo do que de costume. Estava super bem-disposta. Tão bem-disposta que resolveu dar um longo passeio antes de qualquer outra coisa. Vestiu-se e saiu. O dia amanhecia.

Ela adorava esse momento, quando parecia que tudo existia para ela somente. Ninguém à vista. Silêncio. Somente os ruídos do ambiente ao redor. Madame passou por sua horta e colheu um ramo de manjericão para mastigar. Suave e adocicado. Era exatamente assim que ela se sentia hoje. Doce e suave.

Colhera a erva sem pensar e ficou deliciada ao perceber e reafirmar sua conexão com elas. Estava tomada de uma sensação tão leve e suave. E estava doce! Isso era incomum, porque ela sabia que vinha de um passado amargo. Por isso era muito bom estar doce.

Abriu o portão e saiu caminhando para a estradinha de terra batida atrás de seu chalé. Caminhou um pouco e entrou na mata. E foi imediatamente invadida por aquele aroma fresco e inebriante.

Madame era extremamente sensível a aromas. Houve um tempo em que colecionava perfumes caros e raros. Ela amava aquelas combinações de cheiros. Elas a transportavam para outros tempos e lugares. Os aromas agiam diretamente e sem intermediários em sua mente e despertavam sentimentos, memórias e sensações.

Sua relação com os reinos mineral, vegetal e animal – tudo – passava primeiramente pelo olfato. Ela cheirava. Tinha que cheirar. No instante em que aspirava o aroma de algo, aquilo "*entrava*" nela, percorria seus corpos sutis e lhe dava um

entendimento todo singular e único do objeto e daquilo que o circundava. Holístico.

E naquela manhã não foi diferente. Madame foi suavemente invadida e convidada a penetrar nos mistérios da mata.

Uma flor desabrochando – um aroma suave e adocicado, levemente resinoso.

Uma semente brotando – um aroma verde, fresco e especiado.

Um galho se esticando – um aroma herbal, musgoso e luminoso.

Uma pedra que rolou – um aroma acre e ambarado ao mesmo tempo.

E a brisa suave e doce, como o gosto do manjericão ainda em sua boca e como a própria Madame. *Ahhhh*... Que coisa boa. Madame estava radiante só por isso. Sua alma se elevou. Seus sentidos se expandiram ao céu e à terra. Ela se conectou. Ela ouviu. Ela sentiu.

A terra vibrou suavemente sob seus pés. Ela sentiu muito bem porque a essa hora já tinha tirado seu calçado. Assim que entrou na mata e pediu licença, Madame deixou seus pés tocarem essa terra sagrada. Então ela estava lá. Completamente. Sozinha com toda aquela magnificência ao seu redor.

Nesse momento, uma árvore chamou Madame. Ela foi caminhando por entre a mata muito suavemente e devagar porque estava descalça. E após alguns poucos minutos ela a viu.

Esplendorosa. Magnificente. Exuberante.

Iluminada pelos primeiros raios de sol em sua copa estava uma árvore desconhecida ainda para Madame. Uma velha Senhora. A Senhora do bosque – com toda certeza – mãe e guardiã ancestral de todos ali. Madame prostrou-se em uma profunda reverência. Não poderia ser de outra forma, tal a força que emanava daquele ser magnífico. As lágrimas lhe afloraram aos olhos, um misto de alegria, gratidão e tristeza.

Madame ficou com ela até sentir que aquela onda de energia havia passado. Levantou-se e dirigiu-se à Senhora do Bosque. Tocou seu tronco nodoso, fresco, áspero, perfumado. Recostou-se nela. Agradeceu. E sentiu-se ainda mais doce e suave.

Era hora de voltar para casa. Ofereceu uma flor simbólica à Senhora do Bosque e retirou-se. Sentiu que a Senhora lhe sorria docemente. Era uma Mãe, essa querida árvore. Essa Senhora do Bosque, Mãe de todos ali, tinha acolhido seu ser. Ela era bem-vinda.

Voltou para casa feliz. Seu dia havia começado bem. Estava aberta para a manifestação do belo em sua criação hoje.

O que ela iria criar?? Bem, primeiro tinha que comer. Estava faminta.

NOVE

Eufórica. Era assim que Madame se sentia hoje – uma alegria, otimismo e ânimo intensos. Tinha sido tomada por uma onda gigantesca de inspiração. Um entusiasmo eufórico. Um caos criativo.

Foi para o estúdio e colocou à sua frente todos os retalhos de tecidos que tinha: veludos, sedas, brocados, lãs, flanelas, linhos… tudo. Em todas as cores e tamanhos.

Em seguida, pegou todos os aviamentos disponíveis: botões, fitas, rendas, pedras, pérolas, contas coloridas. Procurou por uma tela bem grande e se pôs a trabalhar. Mas antes, colocou Mozart para tocar para ela. E fez seu convite silencioso às fadas e musas…

Trabalhou ininterruptamente por horas em seu "*quadro vestido*", quando então seu processo criativo amainou. Ela queria deixar algo para depois. Gostava de voltar e retocar e olhar com outros olhos. Porque se conhecia muito bem e sabia que, quando estava tomada daquela fúria criativa, esse processo era interno e poderia ser "*over*".

Ela adorava isso, mas gostava de mediar o resultado dessa expressão criativa selvagem. Colocar um pouco de ordem e civilização. Um pouco. E somente às vezes. Outras vezes ela deixava a sua criação nua e crua, sem dó nem piedade dos espectadores. Era a sua arte. A sua expressão no mundo. E ela fazia o que queria dentro daquele estúdio.

Silenciou Mozart e saiu para o sol, deitou-se na relva macia, espreguiçou-se demoradamente, sentiu a vida da terra sob seu corpo e em seguida foi preparar algo para comer porque estava com muita fome. Resolveu fazer uma lauta refeição.

Não tinha a menor ideia de que horas seriam nem queria saber. Às vezes ela gostava que fosse assim. Queria fluir em um ritmo interno, só seu. Já havia desempenhado seus variados papéis sociais. Agora era ela com ela. Ela com sua arte. Ela com seu mundo.

Colheu alguns tomates maduros e perfumados e um ramo bem generoso de manjericão da sua horta. Madame simplesmente adorava manjericão. Ela usava para molhos, sucos, chás e até um sorvete divino ela já tinha preparado – fora um sucesso! Desconfiava que ele também gostava dela porque sempre crescia com vontade e gosto perto dela.

Levou-os para sua cozinha e colocou a água para aquecer para fazer um macarrão. Fatiou bem fininhos os tomates, regou com azeite, sal e o manjericão fresquinho e perfumado. Retirou um bom pedaço de parmeggiano reggiano da geladeira e deixou descansar um pouco. Encontrou brócolis e alho e fez a sua dupla preferida para acompanhar o macarrão ao sugo.

Pronto. A refeição estava encaminhada. Agora, o vinho. *Tinto ou rosê?* Normalmente iria de tinto, mas hoje queria o rosê. Era mais leve e alegre e tinha muito a ver com como ela estava se sentindo agora. E ela adorava sua cor.

Finda a refeição, Madame ajeitou a cozinha e foi ler um pouco no seu cantinho preferido na sala, que estava banhado de sol agora, nesse final de tarde. No momento, ela estava estudando jardinagem. Queria aprender mais sobre flores. Queria ter um belo jardim, criado por ela. Uma invocação e uma celebração do belo! Tinha se cercado de livros e revistas sobre o assunto e estava se preparando para uma excursão de compras para dar início ao seu jardim.

Quando se cansou, puxou uma manta sobre o corpo, aconchegou-se no sofá, fechou os olhos, deu um sorriso feliz e dormiu. Fácil assim. Ao acordar, o dia dera lugar à noite. Fez um chá e foi para o estúdio dar uma olhada na sua obra.

Magnífica! Esplendorosa! Adorável!

Era sempre assim. Ela sempre gostava do que criava. Não poderia ser diferente hoje. Ela colocava sua alma, seu ser e seu tudo no que fazia. Decidiu deixar tudo exatamente como estava. Mas teve uma ideia. Queria que a obra tivesse um aroma peculiar, só seu. *Como faria isso?* Teria que pesquisar. Estudar alguns óleos essenciais e suas propriedades. E como se comportariam sobre o tecido. E também por quanto tempo manteriam seu aroma e, ainda, como fixá-los. *Oba!* Mais trabalho criativo! Madame foi para a internet pesquisar. *Que dia!*

DEZ

Depois do seu surto criativo caótico – o evento extremo que tomara Madame recentemente – ela ficara exaurida. Não exausta. Exaurida. Não ficava sempre exaurida, algumas vezes ficava "*pilhada*" – cheia de energia – por muitos dias. Nessas ocasiões ela fazia de tudo um pouco: plantava, cozinhava, desenhava, limpava, reformava, costurava, bordava, tecia, pintava, escrevia. Saíam turbilhões de suas mãos.

Se fosse possível enxergar, veríamos as ondas luminosas dançando em torno de Madame e fluindo pelas suas mãos e pés. Porque Madame também precisava dançar. Muito. Ela saltava, volteava, traçava círculos e elipses no chão. Alternava movimentos suaves e bruscos em perfeita sintonia com o que veríamos dançando em torno dela, se fôssemos capazes disso. Ela era uma só com tudo o que a cercava.

Madame adorava viver nesse "*flow*". Ela perdia a noção de tudo o que acontecia no assim denominado mundo real. Aliás, ela era assim sempre. Pouco havia nesse mundo que lhe despertasse real interesse. Já tivera sua cota dele e, a bem da verdade estava farta dele. Retirara-se para viver a vida que sempre quis, atendendo ao apelo clamoroso de seu ser. Glamuroso, também.

Madame era uma "*lady*" – aprovassem ou não – e se cercava o mais possível do belo. Seu luxo era se dar o melhor que podia em tudo, sempre. Vivia no limite, essa Madame atrevida. E estava sempre testando seus próprios limites, para empurrá-los ainda mais para a frente.

Muito raramente, Madame recebia visitas. Nessas ocasiões ela exultava. Porque adorava as pessoas, mas não todas nem qualquer uma, obviamente. Mas, sim, às vezes até qualquer uma mesmo, e por que não? Quem era ela para julgar o que seria exatamente a denominação "*qualquer uma*"?

Então, Madame era toda sorrisos e gentilezas. Usava suas melhores louças, abria seus melhores vinhos. Preparava a mesa com capricho redobrado e fazia suas melhores receitas.

Conversava, ouvia as novidades, encorajava seus interlocutores, "*curiosava*" e até mesmo fofocava um pouco. Bem pouquinho. Afinal de contas, era uma oportunidade de interagir com o mundo externo e ela apreciava esses momentos fossem como fossem. E ela era uma pessoa como qualquer outra.

Invariavelmente, Madame ficava exausta após esses encontros, então, assim que a visita saía e ela dava um jeito na casa, preparava um banho de ervas em sua banheira, que acompanhava com Beethoven ou Bach – Mozart era para as manhãs – e uma boa xícara de chá fumegante.

Depois de ficar de molho por um bom tempo, Madame se secava e preparava uma mistura de óleos essenciais para passar no corpo. Seu corpo querido. Companheiro de uma vida, depositário de memórias boas e não tão boas. E até mesmo memórias anteriores a essa sua vida atual, ela acreditava.

Atualmente, Madame cuidava com amor redobrado e muito carinho desse querido amigo. Estariam juntos até o final – essa era uma das suas poucas certezas. Das outras não se lembrava no momento, tal o cansaço que tomava conta dela. Ia direto para a cama, para só acordar no dia seguinte.

ONZE

O dia amanhecera frio e chuvoso. Madame resolveu não sair para sua caminhada matinal. Faria seus exercícios e a meditação em seu quarto mesmo, onde havia bastante espaço.

Madame costumava brincar dizendo que não fora criada em cativeiro. Era espaçosa. Na verdade, talvez ela sofresse de um pouco de claustrofobia. Não tinha certeza disso e não importava. Permanecia o fato de que ela gostava de ambientes amplos e bem iluminados, com janelas de alto a baixo, paredes de vidro. Um aquário seco. Sua casa era assim. Era um chalé moderno, compacto, com os espaços integrados e muita iluminação e ventilação.

O dia estava preguiçoso. *Ou era ela?* Ótimo para cozinhar e costurar. Fazer um bolo de chocolate à tarde, simples e funcional. E costurar. Coisas retas e fáceis. Madame não tinha muita paciência com coisas complexas, demoradas e trabalhosas. Gostava de ver logo o resultado de seu trabalho. Então fronhas, lençóis, toalhas e colchas eram seus preferidos e ela caprichava na escolha dos tecidos.

Madame era muito sensorial, adorava os toques macios e sedosos, quentes e acetinados do veludo, da seda e do linho. Gostava também dos tecidos mais encorpados como os brocados e das mais variadas estampas. Mas tinha que ser algo especial, que lhe chamasse a atenção. Cores e texturas incomuns, em combinações inusitadas – era disso que Madame realmente gostava.

Resolveu que, após o desjejum, iria dar uma olhada em seu estúdio para ver o que se salvara de seu último furor criativo. Queria fazer um inventário da situação de seus suprimentos.

Não sabia exatamente o que queria fazer, mas gostava de saber o que tinha à mão para dar um "*start*" em seu processo criativo.

No caminho para o estúdio fez um fogo na lareira e colocou Mozart para tocar, para preencher o ambiente. Impregnar cada cantinho já impregnado de música...

Passou por uma estante baixa perto da porta e um dos livros lhe chamou a atenção. Era um livro antigo, de capa dura, sobre a representação das fadas na arte e na literatura. Abraçou-se com ele e foram para o estúdio. Ia deixá-lo por perto.

Após o levantamento do estado de seus suprimentos, Madame fez uma lista sobre o que gostaria de complementar, pegou o livro e voltou para sala, onde reavivou o fogo. Foi colher umas ervas e flores na horta e jardim para fazer um chá mais encorpado e voltou para a sala, onde se instalou em frente ao fogo com o chá e o livro.

Algum tempo depois levantou-se e foi dar uma geral na horta, arrancando alguns galhos secos, afofando a terra ao redor da camomila e do alecrim. *Esses dois eram muito sensíveis a tudo! Danadinhos!* Tinha que ficar de olho neles o tempo todo.

Colheu espinafre, alface e rúcula e voltou à cozinha para preparar um almoço leve: Omelete de espinafre com queijo parmesão e uma salada de folhas verdes. Era pouco, mas lembrou-se de que faria o bolo de chocolate e assim complementaria seu cardápio do dia.

Enquanto almoçava, o tempo estiou e Madame resolveu que queria sentir o ar fresco e úmido e o cheiro de terra lavada. Ia subir a colina que havia perto de seu chalé e deitar na sua pedra – aquela pedra grande e achatada, em formato de mesa, numa elevação do terreno da mata. A costura podia esperar. Não perdeu tempo arrumando a cozinha – ela também podia esperar. Saiu.

Lá de cima ela tinha uma boa visão da cidadezinha. As casas, a praça, o pequeno comércio, a igreja. Ali tinha tudo aquilo de que Madame precisava e queria. Uma loja de pães, um pequeno mercado, um vendedor de frutas e verduras locais, uma pequena livraria adorável com artigos de papelaria e revistas, uma loja de tecidos e aviamentos, uma farmácia e um café – no qual se podia degustar doces deliciosos e um excelente café ou chá. E havia ainda a biblioteca pública, bem sortida.

Madame estava muito bem servida ali. Tinha escolhido esse lugar com muito cuidado e atenção. O seu lugar no mundo. Onde se sentia em casa e em paz, segura e plena.

Tudo estava bem na sua vida. Ela era saudável e feliz.

Amigos?

Poucos e verdadeiros. Eventualmente os encontrava para nutrir essa bela amizade. Madame tinha amigos de todas as idades. Ela era uma mulher moderna, contemporânea, atual, interessada e interessante.

Era assim que ela se via. Exatamente assim.

DOZE

Após quase seis meses no chalé, Madame resolveu voltar para sua casa na cidade. Fechou seu estúdio e fez uma pequena fogueira no quintal para queimar o que não queria mais em sua vida e também para honrar os espíritos do local. Entregou as chaves ao casal que cuidava do chalé na sua ausência, despediu-se das flores, ervas e da mata próxima.

Isto feito, pegou o trem noturno, levando apenas uma bagagem de mão. Dormiu pouco e quando o trem chegou ao seu destino ela já estava refeita da noite. Subiu pela rua estreita e ainda vazia do início da manhã, respirando o ar fresco e úmido. Não tão fresco e úmido como no campo – claro – mas ainda assim agradável. Sua casa a esperava silenciosa e tranquila.

Madame morava em um bairro afastado de uma cidade de médio porte, então ainda tinha alguma privacidade e silêncio – luxo dos luxos. Ela prezava muito pelo silêncio. Era hipersensível a sons e aromas e luz. Tudo chegava a ela diretamente, como um golpe baixo, e ainda hoje ela exercia pouco controle sobre isso.

Inicialmente, pensou que fosse uma "*frescura*", uma falta de controle seu. Anos depois passou a pensar que era uma fraqueza, e fez de tudo para superar essa sua suposta fraqueza. Somente com a maturidade foi que Madame aceitou o fato de que era, *sim*, hipersensível aos elementos e começou a aprender a lidar com isso.

É verdade que algumas vezes ela não tinha sucesso nenhum. Algumas coisas a atingiam sem filtro e com uma violência inimaginável, ferindo-a. Nessas ocasiões, ela precisava de muita paciência e gentileza consigo mesma para passar pela experiência. Porque ficava muito desestabilizada e, *bem*, isso não era nem um pouco Madame. Essas ocasiões eram mais comuns quando estava meio desligada, e ela ficava mais desligada (dela mesma) quando estava na cidade porque havia muita interferência em seu campo energético. Na cidade ela precisava estar sempre alerta e isso, obviamente, a deixava tensa.

Daí porque ela prezava tanto suas longas temporadas no chalé e na praia. Mais ainda no chalé. Madame era do campo e montanha. Rios e florestas. Verde, muito verde. Ela gostava do mar, mas ele tinha um estranho poder sobre ela, às vezes tirando-a de seu eixo. Por isso ela somente ia ao litoral quando estava muito bem, sentindo-se centrada e firmemente aterrada. Já à montanha ela ia para se recuperar, recarregar-se e ficar bem, quando não se sentia cem porcento maravilhosa.

Levara muito tempo para entender e aceitar esse seu "*modus operandi*": quando estava frágil e precisava de acolhimento e energia, ela ia para seu chalé, junto às árvores e flores e rios; quando estava bem – *muito bem, obrigada* – ela ia para o litoral, para sua pequena casa escondida em um cantinho da praia.

E quando estava "*normal*", ela voltava para sua casa na cidade, sua família e amigos, para uma vida mais mundana. Dessa forma, todos a viam e sabiam que ela estava bem e então ficavam tranquilos – o que era muito importante para Madame.

Nessas ocasiões, fazia visitas, recebia família e amigos em casa, cozinhava para eles com prazer. Ia ao teatro, cinema, parques, galerias de arte e livrarias. Nesse processo, ela meio que reunia material para seu processo criativo – que aconteceria de fato quando estivesse sozinha, no chalé ou na praia, onde ela transbordava, derramava e fluía, sem se conter.

Aqui, na sua casa na cidade, ela concentrava, capturava, reunia e guardava os ingredientes e as impressões que posteriormente derramaria livremente sobre seu trabalho criativo. De certa forma, Madame estava nutrindo profundamente seu ser.

E o lado prático disso tudo era que, de certa forma, Madame dava uma "*satisfação*" ao seu pequeno grupo de conhecidos e eles "*permitiam*" que ela se afastasse de vez em quando sem cobranças. Ou seja; eles a deixavam em Paz. E em Paz ela só ficava quando estava sozinha.

Assim era Madame. Sempre fora. Ficaria por aqui até ser tomada pela vontade de voltar para a praia ou chalé. E então faria como quisesse.

TREZE

Madame tinha sua vida somente para ela e podia fazer o que bem entendesse com ela. Bem, mais ou menos, é claro. Ninguém é totalmente livre. Mas ela era razoavelmente livre e isso já estava de bom tamanho para ela.

Madame sempre fora muito exigente. Até demais. Ela sabia. Todos sabiam. Não era segredo nenhum. Já fora amada e odiada por isso. Não havia nada a fazer. Ela nascera assim. Tentar mudar para agradar outros cobrara um preço muito alto até mesmo para ela, sempre tão pródiga em gastar seus recursos. Ela se debilitara e se mutilara .

Esse tempo, porém, findara. Madame era livre agora e pagara um preço abusivo pela sua liberdade, tanto no corpo como na mente. Superara tudo e continuara viva – e ela nem fazia muita questão disso. Tinha passado por períodos negros e densos sozinha e apavorada. Mas passara. Tinha sobrevivido sem nem mesmo imaginar como. Não era a única, obviamente.

Todos somos sobreviventes. Madame sempre soube disso. Mas cada um só pode se haver com a sua estória, então Madame não podia falar pelos outros. Falava por ela tão somente. E ela tinha tido o suficiente de dor e sofrimento, já. Pensara que não conseguiria transformar ou transmutar tudo isso em alegria e beleza e criação.

Mas conseguiu. Madame não tinha a menor ideia de como isso tinha acontecido. Melhor assim. Não seria chamada a dar conselho algum. Fazia seu melhor e tocava sua vida. Quando tudo estava ruim ela continuava, sem parar para pensar ou achar ou qualquer coisa. *Tocava o barco. Ia remando.*

Houve um tempo em que se lamentava, reclamava, se injuriava, se rebelava, brigava, sofria, chorava. Precisou de muitos anos para entender que nada mudava e que ninguém vinha nem viria em seu socorro. Ela estava só. Era ela por ela e ela com ela.

Ela estava só. Para pequenas e grandes coisas. Todo dia. Sempre. Agora. Ontem. E com certeza absoluta, amanhã.

Madame demorou muitos, muitos anos para perceber o óbvio e ela se desgostava muito disso. *Será que se tivesse percebido antes sua vida seria diferente?* Sua vida era boa. Quem olhava de fora – todos e qualquer um – não via seu sofrimento, nem sua dor nem coisa alguma. Na verdade, em sua opinião, quem olha de fora vê o que quer ver – sempre.

Madame era considerada uma mulher bonita para os padrões vigentes em sua época. E isso só lhe trouxera problemas.

De todos os tipos.

Até quando ela não percebia.

E ela tinha sido adestrada para não se orgulhar desse fato, *sabe*? Do fato de ser considerada bonita para os padrões vigentes em sua época. Ou se aproveitar dele.

Quanta baboseira!!

Tivesse nascido agora, Madame saberia muito bem o que fazer com esse "*fato*" e não iria dar a mínima para nada nem ninguém. Estava cheia e saturada de toda a hipocrisia que abundava no mundo. Ela se achava livre, mas não era.

Como Madame era complexa.

Mesmo agora, avançada em anos, Madame era uma jovenzinha adorável.

QUATORZE

Madame não queria saber de conversa. Estava cheia. Saturada. Não queria ser razoável nem compreensiva. Nem um pouco. Precisava espairecer. Desligar. Esquecer.

Isso!! Ela queria esquecer. Madame queria esquecer. Tudo. Pouco importava o quê. Essa ideia de ter que lembrar de tudo é perniciosa. Agora, nesse momento de vida – hoje – Madame queria, desejava, almejava a dádiva do esquecimento. E, junto com ela, a libertação do passado.

Libertação do passado. Libertação.

Pensando linearmente, quanto mais se vive, mais passado se acumula. E Madame queria se livrar do acúmulo de passado: coisas, pensamentos, sensações, desejos, dores, alegrias, sucessos, insucessos – tudo e qualquer coisa. Isso equivaleria a nascer de novo – ela pensava – livre e leve, sem lembranças nem memórias associadas.

Um pouco assustadora, essa possibilidade. Isso sim seria começar de novo. Ou pelo menos, morrer em paz. Findar essa vida leve como uma pluma. Voar no céu, ser levada pela brisa, molhada pela chuva, carregada mundo afora e adentro. Sem peso. Ao sabor do momento.

Momentos saborosos. Momentos dolorosos.

Somente momentos.

Uma vida feita de momentos de qualquer natureza. Somente isso. Vida no estado bruto. Simples. Singela. Inteira. Íntegra. Sem precisar qualificar, rotular, categorizar, medir, avaliar. *Ah! Que chatice isso.* Madame estava cheia dessas chatices da vida.

Nem bem havia voltado para sua casa na cidade e já queria ir embora dali. Por essa ela não esperava! Não contava com o fato de a cidade e as pessoas pesarem tanto para ela. Serem tão enfadonhas, afinal.

Foi por terra sua crença de que seria capaz de levar uma "*vida normal*", com pessoas "*normais*", em um lugar "*normal*". Ou comuns. Ou tanto faz.

Nada feito. Seu corpo inteiro gritava de vontade de ir embora. Madame precisava da sua adorada solidão mais do que de ar. De fato, somente assim ela conseguia respirar de verdade. Na cidade ela não tinha tempo – ele lhe fugia das mãos, regido pelos relógios alheios. E ela era muito selvagem para aceitar as rédeas do tempo dos outros.

Mas escolheu "*colocar o cabresto*" e ficou. Ficaria por pouco tempo, dessa vez.

QUINZE

É preciso ter conexão? Sim ou não? Com o quê? Madame acordara com esse pensamento. Chegara cansada na noite anterior e fora direto para a cama. Estava na sua casa na praia e sozinha – como prefere.

Sozinha? Claro que não! E o mar e a areia e o sol e as pedras? E os dias e noites maravilhosos? Ela ama muito tudo isso.

Na sua rotina aqui ela se desloca de bicicleta para lá e para cá. De vez em quando vê alguém ao longe ou cruza com alguém em seu caminho. Cumprimenta, sorri e vai embora, feliz da vida. Ambos. Adora levantar-se antes do sol para ir contemplar seu nascimento diário. Ela e Ele. Ela, Ele e o silêncio. E o ruído suave e doce das ondas aos seus pés na beira da praia. E o frescor da areia sob seus pés descalços.

Esses momentos são mágicos. Pura magia. Integração. Ela se sente Uma com tudo. Isso é tão preenchedor de seu ser! É como se nada pudesse lhe tirar dessa Unidade. Então, Madame não titubeia. Tira o vestido e entra no mar. Às vezes ele está muito frio. Outras vezes ele tem uma qualidade morna, suave, acariciante e envolvente. Dá uns gritinhos de susto e prazer e se joga nas ondas. Ela se deleita profundamente nesses momentos.

Quando comprou a casa, certificou-se de ser um lugar afastado. Bem afastado. Pois queria o mar e a areia só para ela em alguns momentos. Mas é claro que sempre pode aparecer alguém. Madame não se preocupa com isso – até mesmo acredita que já foi vista em seus banhos matinais. Não se envergonha de ser quem é nem como é. Nem um pouco. Não mais.

Ela é o que ela é.

E ponto.

Ponto final.

Sai da água e coloca o vestido novamente, caminhando de volta para casa. Corre para um banho bem quente e gostoso e um desjejum farto. Porque Madame sempre tem um apetite voraz pela manhã. É a sua principal refeição e ela não se poupa. Come o que quer e com gosto.

Após o desjejum, Madame decide escrever. Sentiu-se inspirada. Está trabalhando em um texto que não sabe se será um conto ou se terá fôlego para um romance. Não há pressa.

Ela espera que as coisas tomem forma. Mostrem a que vieram. Aprendeu a não forçar, a não esperar nada. A parte que lhe cabe é escrever. E então ela escreve. À mão. Depois vai para o computador. Mas somente quando o texto se concluir por si só.

Por enquanto Madame está no começo e pretende ficar retirada até que o texto se complete. Ela está trazendo à luz algo novo e precisa cuidar. Proteger. Quando estiver concluído ela pensará no próximo passo.

Sendo assim, os próximos dias – ou meses – de Madame serão à beira-mar, tomando longos banhos de sol e de mar, dormindo, escrevendo, cozinhando, comendo, dançando.

Sim, Madame adora fazer uma pequena fogueira na praia à noite para meditar e dançar. Às vezes até "*rola*" um banho de mar noturno...

Somente ela e o mar. Somente ela e o fogo.

Somente os três...

De vez em quando Madame olha para a linha do horizonte e lhe parece ver um golfinho. Seu amigo Golfinho...

DEZESSEIS

Madame acordou bem. Bem feliz. Bem inspirada. Bem legal. Bem tudo. E estava inteiramente à vontade. Solta. Relaxada. Livre e leve. *Ah,* que delícia acordar assim!

O que faria hoje? Para onde a brisa estava soprando? O que ela queria fazer hoje? Dançar? Mergulhar? Sentia vontade de se mesclar aos elementos, queria a sensação de "ser uma com"...

Ahá!!!

Ia sair nua para a praia.

Ia sim.

Pulou da cama e foi dar uma espiada na praia, para ver se havia alguém por lá. Nada. Ninguém. *Oba!*

Olhou de novo para ter certeza e saiu correndo porta afora dando risadinhas para si mesma, correndo para o mar. Entrou correndo pelas ondas e jogou-se na água fria da manhã, deu umas braçadas e um bom mergulho e voltou correndo para casa.

Rindo ainda. *Muito bom isso!*

Agora ia dançar. Ou tocar tambor. *Isso!* Um *"tamborzinho"* para começar o dia.

Depois foi para o banho, vestiu seu robe de seda coloridíssimo e foi cuidar da vida. Mais especificamente falando, do desjejum. É sabido por todos que Madame adora um desjejum farto e completo. Ao som de Mozart.

Depois, Madame deu uma organizada na casa e foi para o estúdio. Queria criar algo. Mas estava muito inquieta, cheia de energia, não queria ficar parada. Resolveu sair para fotografar. Saiu como estava, com a máquina em uma mão e o celular na outra. E um chapéu. Descalça, porque adorava pisar na areia.

O dia estava maravilhoso e ela queria aquela luz. O sol tinha aparecido e estava forte e brilhante agora, em um céu sem nuvens.

Havia muitas conchas na beira do mar e Madame quis fotografar tudo em detalhes. Ficou horas imersa em seu trabalho.

Quando se sentiu satisfeita, exausta e faminta, deu por encerrada sua excursão e retornou à casa.

Foi direto para o computador, fez o *download* das fotos e selecionou as mais coloridas e ricas em detalhes. Juntou aos arquivos que já vinha colecionando e foi cuidar do almoço. Após uma refeição leve foi tirar uma soneca regenerativa – como ela gostava de chamar esses momentos.

Regenerou-se bem a Madame, porque acordou quando a tarde findava e resolveu dar mais um passeio. *Talvez tomasse outro banho de mar ao anoitecer,* Madame pensou.

Quando olhou para o mar, lá perto do horizonte Madame viu o que lhe pareceu ser a silhueta de um golfinho. *Definitivamente, ela entraria no mar ao anoitecer!!*

DEZESSETE

O final de semana chegou em um belo sábado de chuva, fina e morna. Bom para ler, desenhar, pintar e cozinhar. Madame resolveu que faria uma torta "*inventada*" de bananas – *a primeira decisão do dia!* Havia algumas muito maduras na sua cozinha e ela não gostava de desperdiçar nada. O cheiro adocicado chegava até ela em seu quarto.

Após o desjejum, ficou pela cozinha ouvindo Beethoven. O dia estava intimista. Beethoven era o amor de sua vida. Desde muito pequena. Ele era selvagem, intratável – dizem – e brilhante. Sua garotinha interior identificava-se totalmente com ele. Só recentemente descobrira Mozart. Nunca fora um de seus prediletos. Beethoven era o primeiro desde sempre, depois Bach e em seguida, Handel. Chopin e Tchaikovsky também estavam na sua listinha. Mozart chegara meio sem avisar, trazendo uma vivacidade que Madame não havia percebido antes. Mas o dia hoje era definitivamente Beethoven e a sua "Pastoral".

Organizou suas coisas e verificou o que havia na cozinha que precisava ser usado para não estragar. Criou a sua torta de bananas e inventou também um pão. Madame adorava pão. Qualquer um. Todos. Depois de assar torta e pão, deu uma geral na cozinha, com isso consumindo sua manhã. E continuava chovendo lá fora. Ainda bem. Calou Beethoven e saiu para a horta e o jardim.

A chuva era fina agora, uma nuvem de água. As flores e ervas estavam molhadas, brilhando suas gotas conforme a incidência da luz. Madame não resistiu a tanta beleza e foi buscar sua câmera para fazer algumas fotos. Não queria perder aquele momento – a qualidade da luz e a água no ar – e fotografou suas amadas plantas de todos os ângulos possíveis.

Enquadrou pedriscos, folhas, pétalas, folhas amassadas, insetos e penas encharcados. Foi compondo tudo aquilo em um quadro único e se divertindo muito no processo.

Nesse meio tempo a garoa cessou, o sol apareceu e tudo ficou ainda mais bonito e surreal aos olhos de Madame.

Encantada com o que se revelava a ela, continuou fotografando até cansar. Fez então algumas mesuras de agradecimento e foi fazer um lanche porque estava deveras com fome. *Oba!* Havia um pão fresquinho que serviria como base para uma omelete bem caprichada. A torta de bananas ficaria como sobremesa para o almoço. Após o lanche, Madame tomou um banho bem quente e demorado – estava úmida da exposição à garoa – e colocou um de seus robes preferidos. Tinha vários – era uma "*robedólatra*" *rsrsrsrs* – e ela mesma havia costurado alguns. Comprava os tecidos que mais a deslumbravam e costurava esses robes macios, aconchegantes, fofos.

Assim refeita foi para a cozinha providenciar seu almoço fora de hora e agora queria silêncio. Silêncio para absorver integralmente a experiência da sessão de fotos. Após o almoço ia se dedicar à seleção das fotos e pensar no que fazer com elas. Madame andava com ideias. Por enquanto eram ideias. Fervilhava delas.

Sempre.

DEZOITO

Como fazia todas as manhãs ao acordar, há muitos anos, Madame destinava uma hora para suas práticas matinais. Um pouco de yoga, pilates, alongamento, flexões, abdominais e meditação. Isso conferia sentido e ritmo ao seu dia. A partir daí ela poderia, então, encarar o mundo.

Bem, encarar o mundo mesmo, de verdade e com ânimo, somente após o café da manhã. Madame era um ser para quem o desjejum era essencial, fundamental. Imperativo. Que não esperassem nem demandassem coisa alguma dela antes de finalizar seus rituais matinais. De preferência, que nem falassem com ela. Ela não estava "*aqui*" ainda, *sabe*?

Se houvesse algum compromisso cedo – o que era raro porque ela tomava o cuidado de não marcar nada pela manhã – ela acordava sempre com tempo suficiente para fazer tudo o que queria no seu próprio ritmo. Só pulava etapas quando queria.

Madame era terrível – pensavam os outros.

Insubordinada. *Ela era.*

Intratável. *Também.*

Intimorata. *Sim*!

Rebelde. *Claro!*

Indomável.

Adorava ser quem e como era. Não surtiram efeitos os esforços alheios em modificá-la. Foram anos vivendo sob as regras alheias e mundanas. Agora as regras eram as suas – gostassem ou não. Obviamente, havia uma margem de negociação. Madame era razoável, *queridos*.

Mas que não se iludissem: a margem era estreita e Madame a alterava a seu bel-prazer. A margem era dela e ela fazia como queria. Ela era o centro de seu mundo porque seu mundo era ela. Já havia se doado à exaustão, a ponto de perder-se de si mesma e, de fato, adoecer. E, de tão alienada que fora de si, adoeceu mais de uma vez. Aquilo tinha que acabar.

E, de fato, um dia acabou. Madame foi dormir uma Madame e acordou outra Madame! Assim! E, desde então, ela sorria para a vida e a vida – *acredita?* – sorria para ela. Viviam sorrindo uma para a outra, essas duas.

Vivia finalmente a vida com que havia sonhado. Realizou e materializou seu sonho de vida, que, de sonho, virou plano, projeto e, enfim, realidade.

Madame tinha três casas. *Sim*, ela era Madame mesmo. Todas pequenas, confortáveis, aconchegantes. Optara por sair da casa onde vivera com sua família para ter uma vida mais simples.

Na praia ela era despojada e vivia muito bem em cinco peças bem projetadas. No campo, era acolhedora e confortável e, na cidade, era prática e minimalista, até porque não tinha outra opção: seu apartamento era minúsculo. Deixava espaços livres para compensar o excesso de estímulos que havia por lá.

Na cidade estava cercada por família e amigos, livrarias, teatros, cinema, parques, museus, cafés, lojas e etc. E isso lhe fornecia bastante combustível criativo. Já no campo e na praia – onde ficava sozinha – seu mundo era interno. Lá fora a natureza reinava absoluta, solta e louca , um pouco como Madame desejava e ansiava ser. Havia um fluxo contínuo e ininterrupto entre Madame e o exterior. Um ritmo. Algo muito forte, gostoso e intenso. E completamente natural. Madame só respirava e deixava acontecer.

Já na cidade, Madame escolhia – e tinha que escolher muito bem – porque havia muitos estímulos conflitantes e desagradáveis, caóticos até. Então, quando estava na lá Madame estava sempre muito atenta. E era muito seletiva.

Ainda assim, divertia-se à larga.

DEZENOVE

Madame era controversa também, logicamente. Estava ciente do fato. E vivia muito bem com esse conhecimento. Afinal de contas, eram anos e anos de experiência. Ela com ela. Ela com os outros.

Ela com os outros era, às vezes, mais fácil de administrar do que ela com ela, para dizer bem a verdade.

Ela era temperamental. Cabeça dura e teimosa, até. Estava consciente disso. Adorava ser assim. Era difícil para os outros, reconhecia. Mas eles que se virassem com isso. Ela também tinha que lidar com gente maluca lá fora.

Não era a única. Era rara. Mas não a única. *Ah!* Como ela gostava dela mesma! Desse seu jeito levemente arrogante de quem se permite ser quem é, com todos os seus defeitos e qualidades.

Um ser humano normal, comum.

Um ser humano.

Poder ser perfeitamente viável na sua imperfeição divina era o máximo do máximo que Madame conquistara duramente, a um preço exorbitante – o que lhe custou muito em saúde mental e física.

Agora Madame era feliz. Completa. Plena. Satisfeita e satisfatória. Para ela. Ela mesma. Somente para ela. Esforçava-se herculeamente todos os dias em não julgar nada nem ninguém e aceitar o que viesse. Às vezes não conseguia aceitar com um sorriso no rosto, mas fazia *cara de paisagem* e seguia seu rumo. Sem parar. E de cabeça erguida.

Evitava ao máximo ter opiniões sobre as coisas mundanas. Alguém não gostava dela? *Ok*. Não iam com a sua cara? *Ok*. Estava frio e chuvoso? *Ok*. Muito quente? *Ok também*. Estava com fome? *Comia*. Queria comer algo que não tinha em casa? *Fazia ou comprava*. Não conseguia fazer nem comprar? *Paciência*.

Não era simples assim, mas era assim. Madame havia se tornado – ou estava em vias de se tornar – essencialista. Não tinha a menor intenção de surtar por pouco.

Porém, ela tinha um ditado seu, muito antigo. A bem da verdade ela tinha dois ditados, adaptados por ela para ela mesma.

O primeiro tinha a ver com o fato de Madame não entrar em brigas: "*É preciso uma boiada para eu entrar em uma briga. Mas vai faltar boi no mundo se eu entrar*" – dizia. Hoje isso lhe soa estranho, pois Madame não gosta de usar os animais como referência, exemplo ou modelo.

O segundo: "*Queimaremos a ponte após passarmos por ela*". Sim. Madame é impiedosa. Ela sabe disso e não acha bonito nem se orgulha, mas isso é ela e ela é assim; então ela aceita. Não fala, não espalha, não se orgulha nem acha bonito. Ela sabe que não é exemplo de nada para ninguém. Apenas aceita esse e outros traços humanos não muito edificantes em sua excelsa pessoa.

Mas, verdade seja dita: Madame é uma pessoa maravilhosa. Uma excelente amiga, vizinha, conhecida, avó etc. Porque ela sempre modula seu comportamento e se coloca à parte, para se disponibilizar para o outro enquanto o outro está por perto. Por isso Madame corre para seu chalé ou praia sempre que possível. Nesses lugares ela se reabastece de si mesma. Cura suas feridas. Se dá todo o amor e atenção que deseja e não recebeu. Conecta-se com a natureza e se recarrega. E quando se sente à vontade, ela volta para o mundo.

A verdade, porém, é que Madame hoje em dia volta para o mundo muito raramente e cada vez menos. Ela prefere mesmo, de verdade, a sua própria companhia e a conexão cósmica que ela propicia.

VINTE

Hoje Madame não se conteve. Ao ouvir Mozart pela manhã, durante o desjejum, ela *"teve, teve, simplesmente teve que"* sair saracoteando pela casa. Era a Sinfonia n.40, *amores*. Ela ama de paixão! Não teve como evitar – nem por quê. Faltou fôlego para dançar até o final, mas ainda assim ela dançou bastante, expandiu sua energia e ficou feliz. Isso fez muita diferença no início de seu dia.

Agora, Madame está às voltas com o almoço, após ter tido momentos de criação em seu ateliê e uma enxurrada de ideias – que ela anotou, claro. No passado Madame não tinha esse hábito e as ideias acabavam voltando para o lugar de onde vieram – que era um mistério total para Madame. Atualmente ela anota tudo. Ou quase tudo, porque ela não é muito metódica, como todos sabemos.

Enfim, uma vez esgotado o processo criativo da manhã foi necessário pensar em nutrir o corpo. Porque Madame vinha investindo em sua relação com o corpo. O seu corpo. Havia percebido o jogo tirânico da mente sobre o corpo que tinha jogado durante muitos anos, querendo que seu corpo obedecesse à suposta supremacia da mente sobre ele.

Nana.

Nina.

Não.

Nada mais falso, Madame se dera conta. Esses dois estão juntos, estão na mesma hierarquia. A mente tratava o corpo como subordinado, cuja obrigação era reconhecer quão maravilhosa, perfeita e sempre certa ela era e estava.

Nana.

Nina.

Não.

Não era e não é. Basta ver o quanto ela fica agitada com tudo o tempo todo e o quanto é influenciável pelos discursos alheios. Demorou, mas Madame percebeu e colocou ordem naquela relação desigual. A sua ordem, bem entendido.

- *"Ninguém aqui é melhor do que ninguém! Ninguém manda em ninguém! Entenderam?"*

E agora Madame está reabilitando o seu corpo. Ouvindo o que ele tem a dizer. Dando espaço e voz para ele – sempre tão exigido e julgado. Quanta pressão colocada sobre ele por tanto tempo! Quando Madame se deu conta disso, ficou horrorizada e iniciou um processo de reconexão com seu corpo.

Queria ouvi-lo. Ele falava, mas Madame não entendia. Havia esquecido e desaprendido como se comunicar com ele. Humildemente, retornou ao início e agora pratica essa escuta interna, interior, atenta e amorosa.

E como surtiu efeito! Madame estava muito feliz com os resultados diários. Uma vida mais leve e mais coerente. Um corpo feliz com uma mente que já estava começando a recuar e dar espaço e *calar a boca* – francamente, isso era muito bom.

Havia agora mais equilíbrio entre corpo e mente. E equilíbrio é tudo, *dizem.*

VINTE E UM

E não é que Madame acordara cansada naquele dia? Não muito, mas dormira mal e então tudo ficava pior para ela. Madame precisava dormir. Muito. E bem. E quando isso não acontecia por qualquer motivo ela ficava mal. Muito mal.

Furiosa, inicialmente – como se isso fosse de alguma valia. Revoltada com o mundo, logo depois – ela podia ser irracional, por que afinal de contas o que o mundo tinha a ver com isso?

Vinha aprendendo a administrar essas ocasiões. Compensar um pouco dormindo até mais tarde. Mas não muito, para não arruinar seu dia. Não queria saber de intervenções e chateações alheias nesses dias, então não interagia muito com o mundo exterior. Ficava na dela, sendo bem gentil e compassiva consigo. Era como se Madame estivesse cuidando de uma criança birrenta e temperamental – a sua. Ela. Elas duas.

Pensando bem, nessas ocasiões (e em outras semelhantes) Madame era abduzida da realidade ordinária e adentrava uma realidade paralela, na qual sua famosa criança interior reinava absoluta. E essa criancinha era birrenta e temperamental, não adiantava querer amenizar os fatos. Então, era necessário ter muita paciência e ser muito, mas muito gentil e delicada porque essa garotinha era extremamente vulnerável. Mas, uma vez honrada, era também puro deleite.

Porém, havia um caminho considerável a ser percorrido até chegar no seu – digamos – lado bom. Isso porque – Madame sabia – sua criança interior era hipersensível e queria e necessitava e exigia atenção plena e constante. E reconhecimento, também. Queria ser vista, reconhecida e admirada. *Nada mal para uma garotinha, hein?*

Se bem que, afinal de contas, quem não queria isso? Diziam que sua criança era rebelde e exigente. Era verdade. Madame sabia disso e, por isso, gostava ainda mais dela.

Quando crescesse, Madame queria ser igualzinha a ela – sua criança "menina" interior. *Ah!* Como queria!

Tinha passado uma vida inteira atrás dessa garotinha furtiva e arisca. E tão querida! Tão, tão amada!

Ela tinha fugido de casa muito cedo – essa garotinha. Tinha se refugiado e escondido atrás desses inúmeros véus que nos separam de nós e dos outros e dos mundos todos.

Madame também sabia agora que tinha perdido partes suas pela vida. Algumas ela tinha deixado para trás inadvertidamente. Hoje ela sabia que precisava – e também queria – integrar tudo isso. Todas elas. Todas as suas partes – pequenas, grandes, valiosas, insignificantes, feias, bonitas – juntas, para o grande final.

Por isso, Madame não se permitia ficar muito mal-humorada por muito tempo quando não dormia bem por qualquer motivo. Ela aproveitava essa oportunidade para paparicar, cuidar e devotar-se à sua queridíssima e adorada Criança Interior. E, nesse dia, sua criança reinava absoluta, como rainha que era. E era um dia de festa, no qual só se fazia o que se queria naquela casa.

E ponto final. O mundo como ele era ficava lá fora e aqui dentro era o Reino Encantado de Madame e Sua Criança!

VINTE E DOIS

Depois de um dia inteiro dedicado às brincadeiras e devaneios, Madame estava transbordando de ideias e vontade de criar. Pintar, desenhar, costurar, fotografar, cozinhar, plantar etc., etc.

Passou o dia para lá e para cá, inventando, cantarolando, dançando, pulando, com as mãos sempre ocupadas. Quase não comeu. Era sempre assim quando estava entusiasmada. Parecia estar em outra frequência vibratória. Ao final do dia queria água. Muita água. Por dentro e por fora.

- Eba! Já sei! Um banho de mar! – exclamou Madame.

E lá foi ela rindo e saltitando para o mar – esse querido – sempre esperando por ela, quebrando suas ondas na praia, inabalável. Madame ficou um bom tempo brincando na água, nadando, mergulhando e ouvindo os sons típicos embaixo da água. Quando cansou de suas estripulias voltou para casa, para um banho quente e um roupão confortável.

E agora? Qual deles??? Todo mundo sabia que Madame adorava vestir roupões. Desde sempre. Era sua vestimenta preferida. Ela adorava o conforto e a praticidade, o tecido envolvendo seu corpo tão delicadamente. Tinha muitos robes. Muitos mesmo. Fora colecionando ao longo da vida e agora eles formavam um belo conjunto, dispostos em seu guarda-roupa.

O guarda-roupa de Madame era composto basicamente de vestidos e robes e, quando queria, ela usava um como o outro. Tinha casacos e casacões, suéteres e echarpes de todas as cores. Meias-calças finas e grossas, lisas e coloridas – suas preferidas – e calçados confortáveis. Adorava as mules para ficar em casa. Quando saía gostava de sentir os pés bem firmes, então usava e abusava de botas e tênis.

Apesar da variedade, Madame não tinha uma quantidade exagerada de roupas e acessórios. Ela sempre comprava o melhor que podia e da melhor qualidade pela qual pudesse pagar. Isso garantia que as peças viveriam mais do que ela. E, portanto, deixaria um legado para o mundo...

O fraco de Madame eram os tecidos e as cores. Ela *enlouquecia* em lojas de tecidos e comprava sempre alguns metros a mais para os dias em que estivesse inspirada e resolvesse inventar e criar alguma coisa diferente com eles.

Uma vez resolvida a questão do robe, Madame foi para a cozinha, preparar uma bela sopa. Antes parou na sua horta e colheu o necessário. Ia acompanhar a sopa com um belo espumante. Moscatel. Tinha que ser adocicado. Não adiantava. Madame já tinha tentado, quando mais jovem, apreciar os secos, demi-secs, bruts etc. Não funcionavam para ela. Não gostou. Não gostava. Continuava não gostando.

Moscatel. Tinha que ser moscatel e pronto. Decisão tomada, foi buscar uma garrafa – daquelas que ela sempre mantinha por perto para quando sentisse vontade de brindar a vida, como agora. Apesar de parecer, Madame não bebia muito, *não*. O difícil, para ela, era encontrar bons vinhos e espumantes em garrafas pequenas.

O corpo relaxado, confortável, gostoso dentro daquele robe macio; a mente livre, solta e apaziguada depois de tanta criação e movimento; a noite caindo, o ar fresco e perfumado. Tudo isso pedia mesmo um espumante antes do jantar.

Baixou o fogo, serviu-se de um pedaço generoso de queijo e foi para a varanda com a garrafa. A sua noite era mesmo uma criança...

VINTE E TRÊS

Madame atravessara muitas pontes em sua vida – *quem nunca?* Não poderia ter sido diferente. Algumas ela queimara após a travessia – foi assim que criara aquele seu ditado, *lembra?*

Ela se arrependia?

Não.

Sim.

Não.

Talvez.

Não sei.

Putz...

Não lembro.

O que importa?

Complexo isso. Porque Madame se orgulhara de não se arrepender de nada na sua vida. Ou, ao contrário, se arrepender de tudo a ponto de querer nascer de novo só para fazer diferente dessa vez – não necessariamente certo. *O que era o certo, afinal?*

Em suma, qual a importância disso tudo? Na verdade, às vezes Madame se arrependia e às vezes não se arrependia e isso não mudava em nada coisa alguma. A vida fora do jeito que fora e ela havia feito suas escolhas – conscientes ou não – com as informações que tinha na época.

Pronto. Simples assim. A vida era feita de escolhas e a vida que vivemos hoje é resultado de escolhas anteriores.

So-cor-ro.

As pontes queimadas foram muitas e Madame não se dignara – nem se atrevera – a olhar para trás. Porém, se algum amado seu tivesse ficado para trás – o que Madame não faria conscientemente – ela não hesitaria um segundo sequer em se arremessar no vazio, de volta à outra margem dessa ex-ponte, para trazê-lo em segurança. Era intimorata, essa Madame. Meio louca, talvez. *E daí?*

Não media esforços quando era movida pelo coração. E que coração ela tinha! Estava bastante remendado nessa época da vida, pois Madame tinha usado e abusado dele, colocando-o em todos os seus planos e projetos e sonhos – os sonhos são sempre especialmente letais, pois exigem muito dos corações, como sabemos.

E seu coração correspondera à altura. Como esses dois brilhavam! Madame e seu "coração de ouro". Ela colocava seu coração em tudo, desde sempre – então ambos estavam machucados, feridos e chamuscados do "*fogo do inferno*" das paixões mundanas (ideais e causas perdidas) – mas estavam firmes e fortes. Repletos de cicatrizes das inúmeras batalhas cotidianas e também dos louros de todas as vitórias – mesmo as parciais (especialmente essas).

E foram muitas as vitórias. Sobre o "*pecado, a doença e a morte*". Suas e alheias. Não importa. Marca por marca. Dor por dor. Estava tudo lá. Registrado. Gravado. Impresso.

E, quando Madame queimava uma ponte após atravessá-la, *bem*, a ponte estava queimada, *ora essa*. Ponto. Madame seguia em frente, recompondo-se da batalha e exultando com suas façanhas.

Era aventureira essa mulher!

Meio indomável e incompreensível até mesmo para ela. Especialmente para ela. Nisso residia sua força, e por isso era admirada e temida. E algumas vezes detestada. *Eu disse algumas?* Talvez muitas. *Quem sabe?* Sim. Sabia desde sempre que ninguém era unanimidade nunca em coisa alguma. Então, talvez até tivesse alguns "*seguidores*"...

Por isso, seguia seu caminho em relativa paz, evitando cuidadosamente as pessoas nas quais não confiava nem um pouco. E vinha sendo bem sucedida. Depois de muita vida vivida tinha pegado o jeito de se manter fora do raio de ação dessas pessoas.

Sábia, essa Madame.

Antes tarde do que nunca.

VINTE E QUATRO

Domingo de sol. Madame acordou cedo, levantou-se da cama, fez as malas, tomou seu café e foi para o chalé. Estava com saudades do campo. Queria levar seu corpo para passear no "*seu*" bosque e sentir o aroma doce e terroso daquele lugar. Queria colocar os pés naquela terra e escarafunchar o solo – terra embaixo das unhas, mãos escuras e úmidas. Queria escavar. Talvez plantar ou então fazer uma muda de alguma planta – se ela estivesse de acordo em ir com Madame, *claro*.

A viagem foi longa e Madame chegou ao chalé no início da noite. Preparou um banho em sua banheira com algumas ervas recém colhidas na horta – banhadas de lua – acendeu velas e fez uma sopa com legumes que tinha trazido e um pão que comprara na viagem.

Queria silêncio, ou melhor, queria ouvir os sons da noite e por isso nada de Beethoven ou Mozart ou Bach. Hoje não, *meninos!* Somente ela e seus pensamentos e o resto. Serviu-se de um suco de uva e foi para o banho. A água quente – bem quente, como Madame gostava – relaxou sua musculatura tensa devido à longa viagem. Embora tenha feito paradas ocasionais, Madame não estava acostumada a ficar tanto tempo sentada. Massageou pernas e braços e bebericou seu suco – o substituto preferido para o vinho. Perdeu-se em pensamentos mil sobre seu dia, apreciando o banho, os ruídos da noite e a semiescuridão por um bom tempo.

Arghhhhh!!!!

Tinha desligado a sopa?????

Tinha!!

Ufa! Ainda bem.

Encerrou o banho, secou-se e colocou seu robe. Ela guardava os melhores – na verdade os mais amados – no chalé. Escolheu um bem macio e comprido, meias quentinhas e foi para a cozinha.

Após o jantar, limpou e organizou tudo e escolheu um livro na sua estante, repleta de livros que tinham um significado especial para ela. Adorava reler seus livros prediletos. Passara por várias fases: autoajuda, misticismo, romance, biografias, terapias alternativas, nutrição, alimentação natural, etc.

Na sua pequena biblioteca do chalé reunira seus queridinhos – aqueles que sobreviveram às suas várias fases, porque periodicamente Madame reorganizava seus livros e passava adiante vários deles no sebo mais próximo. Quando ia para a cama à noite preferia um romance bem leve, algo gostoso de ler, para dormir tranquila.

Amanhã pensaria no que fazer. Iria organizar o chalé e seu estúdio para mais uma temporada. Queria experimentar umas receitas novas e estava com muita vontade de bordar. *Queria fios e lãs!* Bem coloridos. Daria uma olhada no que tinha em casa e sairia atrás do que precisasse para complementar.

E queria escavar!

Tendo tomado essas decisões determinantes da sua temporada, aconchegou-se na cama com seu livro e começou a sonhar acordada.

VINTE E CINCO

Acordou cedo a Madame. Pulou da cama satisfeita da vida e eram apenas cinco horas da manhã! Madame estava energizada. Refeita do dia anterior. E faminta, claro. Aquela sopinha básica da noite anterior já fora digerida.

Resolveu que comeria antes e depois faria seus exercícios matinais. E após o desjejum iria visitar sua mata e conferir as coisas por lá. *Ótimo!* Decidiu então que seu exercício matinal seria a caminhada até a mata.

Fez um lauto desjejum, com direito a tudo que encontrou pela cozinha, inclusive ovos mexidos – o que não era comum para ela. Em seguida, vestiu roupas confortáveis – *sim, ela estava de robe* (azul marinho com estampas florais em tons de magenta, vinho e preto) – calçou suas botas e saiu para o dia que estava frio. *Arghhh! Gelado!* Voltou para pegar um gorro – Madame precisava proteger as orelhas. Não gostava de vento ou frio na cabeça e orelhas.

Saiu em direção à mata e, após dez minutos (mais ou menos porque Madame não usava relógio há uma eternidade) de caminhada acelerada estava adentrando o espaço sagrado da Sua mata. Em silêncio reverente, Madame mergulhou no verde. Amava aquele lugar. Tão perto e tão longe. Era como se ela entrasse em outro mundo. Em outra dimensão, até.

Estavam todas lá, suas queridas amigas árvores. Lindas. Soberbas. Todas elas senhoras de porte altivo e magnificentes. Centenárias, se não seculares. Uma delas com certeza era – pela grossura de seu tronco e altura. E ela emanava uma aura tão benéfica, protetora e amorosa! Era para ela que Madame corria quando precisava de apoio. Correu em direção à sua velha amiga e a abraçou. Sobrava árvore nesse abraço, já que se tratava de uma Senhora Árvore muito antiga e forte e grande e alta.

Depois desse abraço apertado, Madame se recostou em seu tronco e sentou-se no chão coberto de folhas. Começou a contar para a Senhora tudo o que tinha acontecido em sua vida desde a última visita.

Claro está que a velha Senhora ouviu tudo em silêncio amoroso e respeitoso. Findo o relato, Madame se pôs a ouvir atentamente os ruídos da mata. Naquela hora da manhã o silêncio era tal que ela quase podia ouvir o deslizar suave do vento sobre as folhas da copa das árvores mais altas. Sabia que havia esquilos por ali e uma vez avistara um guaxinim e sua família. Até mesmo uma pequena corça ela já tivera o privilégio de ver ao longe.

A mata era grande. A área que Madame visitava regularmente e considerava sua era apenas o começo, onde havia acesso por um campo próximo ao chalé. Ela se estendia a oeste a perder de vista, porém Madame não era uma grande exploradora e se contentava com seu pedaço de mata. Tinha estabelecido que sua área iria até um pequeno riacho, no qual muitas vezes se banhava. E isso estava de bom tamanho para ela.

A água do riacho era gelada, mas isso não a intimidava. Se não tomava um belo banho ao menos molhava os pés. Queria comungar com a água do riacho. Às vezes ficava olhando para os movimentos hipnóticos da água e ouvindo seus ruídos ao descer pelas pedras.

Madame nunca tinha encontrado ninguém por lá. Nada. Nunca. Ninguém. *Que bom* – ela queria a mata só para si. Com os bichos ela conseguia se entender. Havia respeito suficiente entre eles. Mas dos humanos ela preferia distância.

Passou um bom tempo na mata, olhando, cheirando, cavoucando, rolando na terra, conversando com o povo de lá e enfim, apaziguada, resolveu retornar ao chalé. Passou pela horta, pegou umas ervas para o chá e sentou-se à mesa da cozinha para fazer sua lista de compras. Pretendia ir à cidade para comprar suprimentos para sua estada.

Queria bordar. Um tapete, talvez. Sua mãe fizera vários, ela bordaria um agora. Não tinha a menor ideia de como fazer, mas ia começar.

Esse era o plano.

VINTE E SEIS

No dia seguinte Madame acordou cheia de ideias para o tapete. Alongou-se, fez seu desjejum e foi para seu estúdio. Verificou suas lãs – quantidade e cores, fios e aviamentos e mediu, pensou, avaliou, imaginou, olhou revistas e livros para ampliar seu leque de possibilidades. Decidiu que faria um desenho antes. Queria uma forma alegre e colorida. *Meio Miró, talvez. Klimt, será?* Para isso teria que dar uma olhada em suas obras. As dele, claro.

Que maravilha, a internet! Madame fez uma pesquisa bem variada, salvou algumas imagens e começou a trabalhar no seu desenho. Parou para comer alguma coisa no final da manhã e saiu atrás de seus fios e lãs e "*otras cositas más*".

Na verdade, qualquer coisa que encontrasse e que pudesse agradar a seus olhos e para a qual pensasse em alguma aplicação, ela levaria consigo. Esse era o critério de Madame. Não precisava ser útil. Ela gostava de uma futilidade. Mas tinha que ser belo aos seus olhos e/ou falar à sua alma.

Passeou, olhou, tocou, cheirou, entrou e saiu de lojas até se cansar. Parou para um café. Lembrou-se de que fazia algum tempo que não comia um doce, então caprichou na escolha de um bem apetecível.

Passou na livraria e deu uma olhada em alguns títulos, só para conferir. Adorava isso e não voltava para casa antes de cumprir esse ritual. Depois, carregada de coisas que não pesavam muito, seguiu para seu chalé, cheia de planos e ideias. Estava exultante.

Era sempre assim, quando as ideias a atacavam. Vinham de todos os lados, como flechas coloridas e acolchoadas. As flechadas de ideias eram agradáveis. Gostosas, até. Madame se deixava atingir por todos os lados – não se protegia. Muito pelo contrário, entrava na brincadeira e passava horas – se não dias – rabiscando, escrevendo, desenhando. Tudo ao mesmo tempo.

Não tinha filtro. Aceitava essa chuva. Era um presente para ela. E aproveitava cada minuto dessa euforia, desse entusiasmo.

Quando saiu de seu "*flow*", Madame retornou à realidade mundana e foi para a horta e o jardim. Queria mexer na terra. Depois de cavar, plantar, mudar e colher ela entrou em casa exausta e foi para um bom banho. E depois, um robe – claro. *Amarelo!* Tinha um exemplar escandalosamente amarelo. Ofuscante, até. Dos bons. Quis honrar aquele dia cheio de luz com essa cor.

Após o banho, devidamente ornamentada com seu robe solar, foi preparar seu jantar – que seria frugal porque havia comido aquele doce maravilhoso e de tamanho avantajado, ela lembrou. Fez um caldo de legumes bem leve, que saboreou acompanhada do maravilhoso Beethoven – para terminar seu dia também maravilhoso. Organizou tudo na cozinha, deu um jeito na sala, apagou as luzes e foi para seu quarto ler um pouco.

Antes de ir para a cama, lembrou de Marilyn Monroe e em homenagem a ela borrifou seu corpo com Chanel nº5. Agora sim, estava pronta para ir dormir, *amores*. Deixou o robe amarelo solar sobre a poltrona e foi para debaixo das cobertas.

VINTE E SETE

Madame sabia que era uma pessoa difícil. Ou melhor, que não era uma pessoa fácil – coloquemos de forma mais gentil.

Sempre fora fácil para ela saber o que não era. Como se ela não se enxergasse, não soubesse quem era. Talvez isso fosse comum mas incomodava muito Madame, não saber quem era. E ela se definiu durante anos pelo que não era.

Mas agora era diferente. Ela sabia quem e o que era. Com muita clareza. E adorava isso. Ela se orgulhava, até – tinha que admitir. Era uma coisa dela com ela mesma. Não queria incomodar ninguém, mas se alguém se incomodava com isso o problema era desse alguém.

Hoje ela queria fazer uma lista. Uma lista de palavras que "*dissessem*" quem ela era. Uma ode a si mesma. Munida de um caderno de anotações, sentou-se à mesa do café da manhã e começou.

Subversiva. Provocadora. Rebelde. Encantadora (*Ahhhh*). Atrevida. Predadora (*uiiiii*). Íntegra. Admirável. Criativa. Impetuosa. Imaginativa. Estrategista (*???*). Proativa. Distraída (*um pouco*). Arrogante (*às vezes*). Intuitiva (*sempre*). Espontânea. Transparente (*um problema*). Imprevisível. Inconformada. Idealista. Dual. Racional. Ousada. Curiosa. Flexível. Hedonista (*aiaiai*). Sonhadora. Passional. Exuberante. Autêntica. Rápida. Independente. Contraditória. Anticonvencional. Aventureira. Seletiva. Trabalhadora. Espevitada. Inventiva. Perseverante (*!*). Intolerante. Impaciente. Afetuosa (*sim*). Protetora. Muito agressiva se atacada diretamente (*afe*). Versátil. Confiável. Ingênua (*algumas vezes*). Egocêntrica. Irritável. Teimosa (*muito*). Confusa (*já fui mais*). Original. Competitiva. Impulsiva. Franca. Direta.

Explosiva (*oh*). Exigente (*demais*). Eloquente. Charmosa (*kkkk*). Agressiva. Corajosa. Justa. Intransigente. Dedicada. Cautelosa. Ardente. Andarilha. Durona. Ambivalente. Frívola (*algumas vezes*). Frágil. Fascinante. Mandona. Mutante. Solitária. Suculenta (*rsrsrsrs*). Nervosa.

Adoraria ser também:

Extravagante. Chique. Inebriante. Escandalosa. Luxuosa. Estonteante. Glamurosa. Doce. Modesta. Sábia. Gentil. Misteriosa. Feroz. Desapegada. Voluptuosa. Genial. Assombrosa. Insana.

Posso ser:

Áspera. Ferina. Cínica. Mordaz. Esplêndida. Exibida. Presunçosa. Superficial. Difícil. Tagarela. Esbanjadora. Intratável, em suma.

Ufa! Chega por hoje. Madame ficou feliz com o resultado misturado e caótico. Era bem ela.

Indefinível.

Ela sabia quem era agora.

Era tudo isso ao mesmo tempo, junto e misturado e também não era nada disso, nunca, jamais!

Essa era Madame.

E ela gostava muito dela assim mesmo.

Ela se achava o máximo. O máximo que tinha conseguido ser e extrair de suas experiências terrenas até aqui. Gostava disso e isso era suficiente para ela agora.

Podia ficar em paz. Em paz consigo mesma.

Sabia que era intraduzível em palavras e não aceitava rótulos. Queria ir embora daqui – desta vida – limpa. Lavada. Lavada com a água mais pura e limpa do planeta.

Opa, isso lhe deu uma ideia!

Fechou seu caderno de anotações e foi tomar um banho de rio. Nua.

Isso mesmo. Pelada.

Porque ela podia.

Ela era Madame.

VINTE E OITO

Quando voltou para casa depois de brincar (*sim!*) no rio, Madame teve a ideia de ir para um *spa*. Queria ser cuidada por uns dias. Fazer nada em grande estilo.

Verificou as finanças. *Ok*, era possível passar uns dias fora. Ela tinha vendido dois quadros e estava negociando seu novo romance. Ia dar certo. Iria comemorar antecipadamente, então. *Por que não?* Adorava quebrar regras e inverter tudo. Juntou suas coisas, fechou a casa e saiu. Assim. Bem rapidinho.

Não sem antes fazer sua reserva no seu *spa* favorito, claro. Precisaria esperar dois dias, então voltou para seu apartamento na cidade para se organizar. Em lá chegando, Madame foi fazer uma limpeza em regra. Separou o que levaria consigo, respondeu mensagens, falou com conhecidos e esperou.

Esperou.

Esperando, ela lembrou de coisas que queria fazer. Foi ao museu rever algumas de suas obras prediletas, visitou alguns parques e praças para dar um "*oi*" para o verde que lá habitava e foi se reabastecer em uma papelaria. Queria desenhar e pintar com lápis de cor. Era fácil e limpo.

Isso feito, retornou à casa e fez as malas.

A mala. Madame era frugal, prática e sem muitas complicações. Já tivera sua cota de excessos. Como lá o clima era mais frio, separou echarpes quentinhas (2), robes quentinhos e macios (2), um gorro felpudo, um vestido comprido, dois conjuntos de moletom, o tênis preferido e um par de botas. Porque gostava de caminhar pela área externa no bosque e no lago.

Pronto.

Preparou seu almoço simples e em seguida partiu. Pretendia ficar uns oito dias, talvez. Sozinha e sem ter que fazer sua comida nem limpar nada. Todo o tempo para se dedicar à criação de um novo texto. Estava em busca de inspiração.

Foi.

Ficou.

Adorou, como sempre.

O tempo voou e as ideias lhe vieram facilmente à mente. Ainda mais facilmente do que quando estava na praia ou no chalé.

Quando voltou para casa, Madame trazia na bagagem muitos desenhos inspiradores e um texto já bem delineado. Permaneceu em casa, aproveitando o estado de inspiração que havia conquistado e extravasou suas ideias em trabalhos manuais variados. Retomou o tapete que havia iniciado e dessa vez foi até o fim. Ficou lindo.

O corpo começou a pedir exercício e Madame saiu para uma corrida. Na volta, fez sua série de exercícios mista de yoga, pilates e musculação. Tinha juntado o que mais apreciava nessas práticas e fazia algumas alterações de tempos em tempos.

Quando estava na cidade, Madame corria e nadava. Na praia, ela conseguia correr, mas não gostava de nadar no mar. E, no campo, ficava com as caminhadas longas e os exercícios em casa. Além da jardinagem.

Gostava de variar. Seu corpo precisava e gostava de se mexer. *Ela tinha muita energia, essa Madame!*

E aplicava toda ela em suas criações.

Madame também fazia aparições pontuais em família e com amigos próximos. Sempre que alguém precisava dela – e isso sempre acontecia – lá estava ela. Nessas ocasiões, todo o resto esperava. E Madame não se importava nem um pouco com isso. Afinal de contas, estava bem nutrida e tinha suas reservas de energia, havia usufruído de seu tempo e podia doá-lo a quem quisesse. O que fazia com o maior prazer.

VINTE E NOVE

Como se Madame tivesse previsto, tempos difíceis chegaram. Sem avisar, como sempre. Foi necessário se dedicar a uma amiga que estava doente. Sabia que queria fazer isso e tinha as habilidades para tanto. Queria, também, honrar aquela amizade de longa data. Seria difícil e demorado, demandando esforços de uma família estendida para dividir o peso, somar esforços, etc.

Madame reconhecia o ritmo caprichoso da vida, com seus altos e baixos. Por isso, sempre, sempre, "*surfava as ondas*" quando elas estavam no topo e gostava de extrair o máximo de cada momento, segundo e instante, até o desfazer-se na praia. Tudo isso metaforicamente falando, claro. Apesar de Madame gostar de esportes, o *surf* não era a praia dela.

Tinha uma relação um pouco contraditória com o mar. Lembrava-se de, quando criança, amar ficar longos períodos brincando nas ondas. Adorava mergulhar e subir com um impulso na crista da onda. Sentia-se um verdadeiro golfinho, brincando e pulando na água salgada.

Com o tempo, isso foi passando. Já não brincava tanto e esses momentos foram ficando esporádicos em sua vida. Madame quase esqueceu desse prazer infantil. Nesse período desenvolveu um certo medo do mar. Tinha sonhos estranhos e recorrentes com a água do mar e se afastou dele. Talvez tenha ficado muito "*adulta*".

Recentemente, tinha voltado a se aproximar do mar, curiosa e cautelosa. Sabia que sentia medo e não sabia por quê. Mas queria de volta aquela sensação de entrega e confiança e prazer. Tudo isso junto, ao mesmo tempo. Não conseguira, ainda. Continuaria tentando e praticando e se libertando da desconfiança que se impregnara nela nos últimos tempos.

Madame tinha uma vida privilegiada. Sabia disso. Honrava esse fato. E isso não significava que não tivera sua cota de sofrimento mundano. Tivera, sim, como todo mundo e qualquer um. Era mais uma sobrevivente como – afinal de contas – todos somos. Não há nada de novo nisso. *Velho como o mundo* – diz-se por aí.

Então, agora Madame estava às voltas com prestar cuidados e atenção a uma muito querida amiga, de muitos anos e aventuras compartilhadas, que precisava desses cuidados e apreciava intensamente o que estava recebendo. E Madame se desdobrava em cuidados, carinho e atenção.

Quando retornava para sua casa no fim do dia, ela cuidava de si mesma com carinho e desvelo redobrados porque queria estar na sua melhor forma para dar seu melhor pelo tempo que fosse necessário.

Porque Madame não acreditava mais – havia muito – em ser vítima, mártir, sofredora. Tinha superado isso. Fazia o que fazia porque queria e entregava o melhor que tinha, todos os dias.

E foram muitos, os dias. Elas passaram juntas por esse período negro. E, enfim, um dia, saíram para a luz no fim do túnel. Haviam atravessado esse longo túnel. Não olharam para trás – sábias senhoras madames e mulheres reais, que eram.

A roda havia oscilado e finalmente, girado. Outro ciclo começara. Uma oitava acima.

"Bola pra frente"...

"Segue o barco"...

Etc.

Despediram-se com uma festa (*claro!*) – por que desperdiçar uma oportunidade de celebrar a vida, afinal – e Madame voltou para sua vida criativa e solitária adorada.

Foi para a praia.

Ia resolver essa "*coisa*" com o mar.

Ele que a aguardasse.

Queria voltar a confiar.

Não queria deixar sua atual vida sem essa habilidade.

A habilidade de confiar novamente.

TRINTA

O que Madame queria fazer hoje?

Essa era uma pergunta mágica! Porque sempre vivemos fazendo o que "*precisa*" ser feito. O que "*tem*" que ser feito. Há sempre pouco espaço para nosso querer.

O que eu quero?

O que você quer?

Posso querer? Ou é proibido querer?

Mesmo sem ser proibido, a verdade é que Madame passara muito, muito tempo de sua vida fazendo o que a maioria das pessoas faz – a vontade dos outros. As obrigações. As responsabilidades.

Que chatice.

Que chatice enorme.

E a gente nem percebe esse jogo chato que se repete e que nos ensinam desde cedo. E que passamos para frente na educação de nossos filhos.

Por que a gente demora tanto tempo para se dar conta desse joguinho tão chato? E por que é tão difícil pular fora dele?

Bem, pouco importava isso agora. Madame estava "*out*".

E a pergunta continuava ali, pairando no ar sobre seu rosto, enquanto ela estava deitada, feliz da vida, na sua cama adorada e quentinha.

O que Madame queria fazer hoje?

- Vamos lá! Pense um pouco minha querida. Mas não muito, não é para complicar as coisas nem o dia.

- *Já sei!*

- *Eu quero fazer um bolo! Para comemorar a minha existência.*

- *Boa! Fazer esse bolo será minha tarefa do dia!*

Imediatamente, Madame soube que estava tudo bem com ela. Porque historicamente (*hahaha*) sempre que ela estava bem, ela queria cozinhar – e comer, claro. Por oposição, sabia que algo estava errado quando não queria comer nem cozinhar.

Quer saber quando ela estava maravilhosamente bem, sentindo-se no céu? Quando ela tinha vontade de fazer pão!

Fazer pão era algo tão especial, que requeria que ela estivesse "*limpa*". Alto astral. Simplesmente não conseguia fazer pão se não estivesse bem. Não dava certo.

Ou, por outro lado, quando estava muito bem ela invariavelmente tinha vontade de fazer um "pãozinho".

E inventava moda. Porque Madame era do tipo intuitiva e somente fazia algo seguindo a receita na primeira vez. Uma única vez. Depois disso ela inventava sem dó nem piedade. Criava em cima daquela base.

E sempre funcionava – ou seja, ficava bom. Ela sempre gostava e apreciava o que fazia. Era sua maior entusiasta e encorajadora.

Sabia que havia pessoas que cozinhavam mas não gostavam do que faziam. Já haviam lhe dito isso. Madame não conseguia entender como isso acontecia. Ela simplesmente achava muito óbvio e normal gostar do resultado de seu empenho. Fosse no que fosse. Madame era uma unanimidade para si mesma.

Com esse "*mood*" do dia, pulou da cama, espreguiçou-se, fez seus exercícios matinais e foi para a cozinha, feliz da vida e cantarolando.

Já tinha um objetivo para o dia.

Fazer um bolo. O seu bolo. Para si mesma.

De chocolate, claro.

Ou será que não?

Veria o que tinha disponível em casa e decidiria depois. Por hora, o dia estava ganho.

E mal havia começado. *Uhu!*

TRINTA E UM

O bolo tinha sido um sucesso. Soberbo. Perfeito.

Claro que Madame teve que congelar a metade porque era só para ela e não havia vizinhos por perto que pudessem apreciar sua pequena e saborosa obra de arte.

Muito bom mesmo!

Agora era hora de trabalhar.

Madame queria escrever algo mas sabia que isso não bastava. Querer escrever não era o mesmo que escrever. Era quase. Ela precisava de ignição. E isso significava inspiração. Resolveu ficar quieta por uns dias.

Isso!

Faria um voto de silêncio. Um pequenino voto de silêncio. Por tempo definido.

Ela já não falava muito mesmo porque vivia sozinha. Mas tinha algumas interações com vizinhos distantes e visitas ocasionais. Sem falar, claro, nos longos monólogos que tinha consigo às vezes.

Mas iria ficar em silêncio por três dias, *resolveu*. E, com isso, cessar sua tagarelice mental. Iria se concentrar nas tarefas domésticas e observar o mundo que a cercava.

Somente isso. Observar. Sem emitir opinião ou julgamento verbal ou mental. Não era tarefa das mais fáceis, porém era muito eficaz. Madame saía desses períodos completamente renovada – "*novinha em folha*".

Era uma experiência muito interessante e liberadora essa de não alimentar pensamentos nem expressá-los. Aquilo que não tinha sustentação e não era realmente significativo sumia, desvanecia-se. A mente ficava mais leve e clara. O resultado era quase visível.

Ela ia começar agora. Nada impedia Madame de silenciar agora, já, nesse momento. Também não iria passar o dia na companhia de Bach, Beethoven, Mozart e outros. Iria diminuir esses estímulos sensoriais.

Voltar ao básico. Ficar no básico. Estar no básico.

O silêncio externo auxiliaria o silêncio interno.

Muito silêncio, pouca comida e muito pouca atividade.

Isso parecia o ócio criativo. *Sim!* Iria se entregar à contemplação silenciosa do seu entorno. Como se ele fosse um ser que estivesse visitando o planeta – de passagem, *claro*.

E dessa forma se passaram os três dias, que Madame estendeu por mais dois, de tão bom que foi.

Sentiu que a vida se resumia ao essencial, que suas ideias pouco importavam enquanto opiniões, que isso não interessava nada e sequer tinha alguma importância real – nem mesmo para ela. Tanto fazia. Tudo ao seu redor fluía, dançava, era e estava. Ouviu seu silêncio interior e nele se perdeu.

Foi uma excelente experiência.

Sentiu-se tão insignificante e ainda assim tão "*importante*". Indescritível.

Tão centrada.

Tão bom.

TRINTA E DOIS

Findo o seu período de silêncio, Madame não tinha muita vontade de interromper aquele estado silencioso que se impregnara nela. Como estava sozinha, isso era fácil.

Saía para caminhadas ainda mais longas e embrenhava-se ainda mais fundo na sua amada mata – além dos limites até então conhecidos.

Ousou.

Descobriu novas paisagens internas e externas.

Como era belo aquele lugar! Como ela se sentia bem lá, com as árvores, a vegetação e os pequenos animais.

Ela e a Natureza. Silenciosas e Profundas. Ambas.

Após alguns dias nesse estado "*semi meditativo ambulante*", Madame começou a sentir um novo fluxo criativo invadi-la. Vinha em ondas suaves e coloridas, mornas e envolventes.

Teve vontade de pintar e escrever.

Fez os dois, *claro*.

Começou um novo romance.

Escrever era tarefa de fôlego pois exigia muitos recursos. Mas como Madame tinha realizado um mergulho muito, muito profundo, ela tinha trazido consigo tesouros inimagináveis para colocar no papel, em uma estória.

Queria contar uma estória longa, bonita, envolvente e profunda. E, para isso, usaria os recursos trazidos do seu retiro de silêncio.

Iniciou, então, sua escrita. Era manual, ainda. Madame começava cedo, após o desjejum e seguia até o almoço, quando então parava por algumas horas para descansar e comer. Retomava, então a escrita e encerrava ao final do dia. Na verdade, quem ditava quando ela parava era seu fluxo criativo. Mas normalmente no final do dia ela queria uma pausa e um passeio ou mexer na terra ou, ainda melhor, cozinhar. Realizar a alquimia das panelas. Adorava isso.

Foram-se vários dias nessa rotina porque as estória estava pronta na sua cabeça e pedia passagem. Vinham-lhe imagens e palavras à mente e ela as transcrevia fielmente para o papel.

Quando a estória terminou, Madame deu um tempo para se desconectar dela e foi se dedicar a outros interesses. Dias depois, retomou o texto manuscrito e transcreveu para um editor de texto, fazendo as ligações e conectando as partes. Feito isso, iniciou a leitura do texto inteiro. Após várias conexões e adequações, considerou que estava pronto.

Então, deixou-o descansar. *"Marinar", sabe?* Esqueceu dele. Assim se passaram semanas, quando finalmente Madame leu mais uma vez o texto.

Estava bom. Podia avisar sua editora e entregar seu livro para o mundo. *Projeto finalizado, hora de partir para o próximo!*

TRINTA E TRÊS

Hoje tivemos música italiana no café da manhã.

Madame estava acompanhada. Muito bem acompanhada, por sinal. E ele gostava de música italiana. Então, Madame fez-lhe esse agrado.

Após o lauto desjejum – Madame estava esfomeada como sempre e ele também era um "bom garfo" – foram passear nas redondezas. Sem rumo. Sem destino.

Saíram caminhando juntos, de mãos dadas. Aproveitaram o tempo para conversar sobre pequenas coisas do dia a dia de cada um. Estavam se conhecendo. Estavam se conhecendo um pouco mais.

- Do que você gosta?

- Do que você não gosta?

- O que deixa você feliz?

- O que te chateia?

- Como você gosta do seu café?

- Você gosta de café? Chá? Suco?

- Qual sua leitura preferida?

- Quais seus autores preferidos? Compositores? Pintores?

Tantas perguntas e respostas! Mas é bom deixar algumas coisas em segredo. *Por que não?* Não é necessário se desnudar completamente e esgotar o tema pessoal de cada um.

Optaram por não aprofundar muito a conversa. Afinal não eram jovens que pretendiam passar o resto de suas vidas junto e não ter segredos entre si. Algumas coisas pertencem somente à pessoa e sua estória e tudo bem ser assim.

Sendo assim as coisas entre eles, não havia muito mais a ser dito. Queriam apenas usufruir da companhia um do outro e ter bons momentos juntos. Voltaram do passeio no final dia, após um lauto almoço e um cinema. Tudo perfeito.

Agora era cada um para o seu lado, pois ambos tinham o que fazer. Foi bom enquanto durou e durou o bastante.

O suficiente para deixar um sorriso nos lábios de Madame.

E uma leveza de quem viu passarinho verde – *como se diz por aí.*

Madame foi trabalhar e o trabalho rendeu. Amanhã era um outro dia, tão bom quanto outro qualquer para Madame começar novos projetos que ela vinha nutrindo há algum tempo.

Tinha a ver com cores.

Ela queria pintar.

Algo grande.

Trazer mais cores para mais perto.

Então estava decidido.

Mãos à obra, Madame!

TRINTA E QUATRO

Os concertos de Brandemburgo.

Bach.

Esse era o "*mood*" de hoje. O "*mood*" do dia para Madame.

Ela estava sozinha novamente. Que bom. Era muito bom mesmo estar consigo mesma novamente. *Já disse que ela adorava sua própria companhia?*

Sim. Com certeza. Isso era notório. Todos sabiam. Todos aqueles que a conhecessem um pouco que fosse.

Hoje seria um dia dedicado a si mesma, ela decidiu.

- *Hoje vou me dar tudo o que eu quiser,* disse Madame.

E foi assim que Madame acabou lendo e relendo seus livros favoritos durante a manhã toda, lagarteando ao sol. Mudou de lugar várias vezes para acompanhar o movimento do sol dentro do chalé. Do quarto para a sala, da sala para a cozinha. E foi assim que acabou almoçando no seu quintalzinho. Colocou uma pequena mesa e cadeira lá fora e levou seu risoto de alho-poró e palmito – sua especialidade. Trouxe uma garrafa pequena de vinho tinto e pronto! É claro que salpicou muitas ervas frescas recém colhidas sobre o risoto e vários fios de azeite...

Após o almoço, Madame resolveu continuar seu dia de auto veneração (*rsrsrsr*) e ir para a água – resolveu tomar um super banho de banheira. Banho após o almoço não é a melhor das ideias, *dizem*, mas Madame quis fazer as coisas de modo diferente hoje.

Deu um tempo (nada de limpar a cozinha, deixou tudo como estava), serviu-se de mais um copo de vinho e foi preparar um banho de imersão. Colheu flores e ervas do seu jardim. Resolveu pegar umas pedras também. Daquelas que pegaram o sol a manhã inteira e estavam super energizadas e ainda quentinhas. Foi todo mundo junto para a água. Madame pingou ainda algumas gotas de óleos essenciais, pegou uma revista e entrou na água.

Quarenta minutos depois, enrugada e relaxada, Madame saiu da água, secou-se e colocou seu roupão vermelho rubi bem macio. Assim banhada e aconchegada, deitou-se e devaneou sobre sua vida até então. Adormeceu e acordou quando começava a escurecer. Espreguiçou-se e levantou. Foi fazer um fogo na lareira, fechar janelas, acender abajures – Madame não gostava de luz direta à noite – e preparar um chá.

Deu vontade de escrever.

E isso durou horas. E muitas xícaras de chá.

Finalmente, Madame parou. Levantou-se, fechou a casa e foi para seu quarto. Fez seus alongamentos e sua pequena meditação e foi para cama.

Sabe qual o melhor lugar do mundo para mim? – perguntou-se Madame.

- *Meu quarto.*

- *Minha cama.*

TRINTA E CINCO

Ah, essa Madame! Acordou tarde hoje, perdeu a hora, como se diz. Estava tão bom na sua caminha. E ela estava tão preguiçosa...

Havia trabalhado bastante no dia anterior, tinha avançado bastante na sua escrita. Por isso hoje estava assim. *Mas, e daí?* Não havia ninguém precisando de seus cuidados.

Espreguiçou-se, levantou e vestiu seu robe verde esmeralda. Desceu para preparar seu desjejum. Estava faminta. Sempre acordava com fome. E, mesmo que não estivesse, precisava comer pela manhã. Era uma mulher que não podia ficar sem comida pela manhã. Depois de comer ela podia fazer qualquer coisa que fosse necessária. Mas somente depois de comer!

O dia estava lindo. Havia sol e nenhuma nuvem no céu, a temperatura estava agradável. Abriu a casa e deixou que a luz banhasse todos os aposentos. Foi à horta, colheu ervas e uma folha de couve bem tenra para fazer um suco verde. Enquanto isso, som na caixa!

Não! Hoje queria silêncio. Somente os sons do dia lá fora.

Após o dejejum foi fazer uma caminhada ao sol, usando um chapéu porque agora o dia estava muito quente e o sol muito forte. Não iria longe, queria somente alongar as pernas e expandir seu maravilhoso ser. Encontrou pelo caminho alguns pequenos presentes da natureza: penas de pássaro, uma pedra com um formato diferente, a metade de uma casca de ovo – *sinal de filhote novo nas redondezas!* Trouxe consigo esses regalos e colocou-os no seu altar. Gostava de ter por perto e honrar essas referências à vida que a cercava.

Resolveu pintar. Sentia as cores dançarem ao seu redor. Precisava capturá-las e expressá-las. Não precisava de fato, mas queria muito. E assim o fez. Perdeu-se na pintura por bastante tempo – até sentir alguma fome. Como já era meio da tarde, fez um sanduíche leve e comeu uma fruta. Isso seria suficiente para ela aguentar até a noite, quando então faria uma sopa.

Com isso em mente, foi trabalhar na horta e no jardim. Ao terminar, entrou em casa para verificar o que havia para a sopa. Lembrou que o pão que fizera estava acabando; resolveu fazer um novo, então. *Era tarde, mas a noite era uma criança* – pensou ela com um sorriso nos lábios.

Agora sim, queria música. E um chá. E mais tarde, para acompanhar a sopa, vinho. Pouco. Ela não era de excessos na vida comum – somente na sua expressão artística. Então, Madame mergulhou nos seus afazeres para finalizar esse glorioso dia, sem esquecer do seu pão, crescendo agora no forno aquecido.

Quando começou a escurecer, colocou o pão para assar e fez fogo na lareira da sala. Não estava frio, mas ela queria o calor e a luz do fogo como companhia. Iria desfrutar de seu jantar à luz do fogo da lareira, na sua sala, com seu vinho e Beethoven. Talvez não ele... Era-lhe quase impossível ouvir Beethoven sem que as lágrimas lhe assomassem aos olhos – ela nunca soube por que, mas sempre fora assim. E ela não queria chorar hoje.

Vivaldi talvez fosse uma boa escolha para essa noite. *Sim.* As Quatro Estações. *Isso!*

Estava decidido.

Voltou para a cozinha com sua xícara de chá.

O cheiro do pão recém assado inundava a casa...

TRINTA E SEIS

Acordara feliz. *Oba!* Isso era estranho porque era raro. Madame tinha que admitir: não era do tipo que acordava feliz.

Estava tão feliz que lhe passou pela cabeça comemorar essa felicidade gratuita com um bom espumante moscatel. Madame não era dos secos. Queria sempre os doces e suaves. Mas não, não cometeria essa pequena insensatez agora pela manhã porque ontem havia tomado seu vinho e queria dar um tempo.

Isso posto, pulou da cama e foi dançar. Assim, do nada. *Não beberia, mas dançaria!* Colocou suas músicas preferidas para tocar e saiu dançando pelo quarto. Embora seu chalé fosse pequeno, o quarto era bem espaçoso. Como Madame. Ela tinha levado isso em consideração quando da construção do chalé. Gostava de espaços amplos para poder se movimentar à vontade.

Espaçosa, essa Madame. Sim, é verdade. Ela nasceu assim, desse jeito.

Dançou por um bom tempo, até sentir-se cansada e satisfeita e então foi tomar uma ducha fria. Desnecessário dizer que tinha dançado nua. Madame dormia nua há muitos anos. Aprendera já adulta. Somente se vestia quando estava muito frio mesmo ou quando estava muito carente. Nessas ocasiões ela gostava de algo muito, muito macio e suave colado ao corpo.

Após a ducha, vestiu seu robe branco atoalhado e calçou sua mule macia de veludo. Ambos bem usados. Desceu e preparou um desjejum à altura do dispêndio de energia que tivera com a dança. Dançar logo cedo tinha acordado seu corpo para o movimento e ela resolveu que hoje seria um dia dedicado a ele. Queria sair. *Ia passear. Bater pernas por aí!*

Tomou seu café, organizou sua cozinha e verificou como estava de suprimentos. Fez uma lista do que estava faltando e decidiu ir às compras ainda pela manhã. Agora. Já.

Decidiu que iria à cidade dar uma conferida nas lojas, fazer suas compras, almoçar por lá e voltar para o chalé a tempo de fazer um delicioso e caprichado jantar para si mesma, com direito a sobremesa. *Excelente ideia, Madame!*

Subiu para se trocar, pensando se sua sobremesa seria um tiramisú ou uma mousse de maracujá – *o que seria mais gostoso*?

Vestiu uma roupa confortável e colorida – queria uma estampa bem alegre hoje. Fechou as janelas e saiu, leve e feliz, pela porta da frente. De repente, tinha planos para seu dia.

O tempo não estava muito convidativo, mas Madame não dava a mínima para isso.

Seu sol interno estava brilhando forte.

TRINTA E SETE

Depois daquele dia memorável, iniciado com dança e finalizado com um tiramisú – *sim, ele foi o escolhido* – Madame andava quieta há algum tempo.

Quietinha no seu canto.

Ensimesmada. Adorava essa palavra. Ela estava dentro de si mesma. *En-si-mes-ma-da* – óbvio.

Não queria pensar muito. Não queria interagir com nada nem com ninguém. Recolheu-se à sua caverna.

Não queria escrever, não queria pintar, não queria tocar seu piano, não queria cozinhar, não queria fotografar.

Não queria nada.

Queria ficar onde estava, do jeito como estava, sem se mover. Faria apenas os movimentos necessários. Não queria comer também. Não se sentia deprimida nem triste. Apenas foi tomada de uma necessidade urgente de ficar imóvel e perceber o mundo ao seu redor. Ficar imóvel e silenciosa.

Caramba! Como havia vida ao seu redor! Tudo se comunicava com tudo. Na verdade, havia uma explosão contínua de estímulos ao seu redor.

Incrível.

Adorável.

Madame estava embevecida. Perplexa, até.

Então esse era o som do mundo quando ela calava sua boca e sua mente?

Ah, que maravilha!

Por que não tinha descoberto isso antes?

Tivera algumas poucas experiências nesse sentido, principalmente quando entrava em algum lugar onde a vida natural era soberana e havia nenhum ser humano nas redondezas.

Uma força poderosa, invisível e silenciosa a dominava e subjugava. E ela se rendia feliz e encantada a essa energia tão forte e benéfica. Era um deixar ir, largar, soltar, esquecer. Apenas estar ali naquele momento.

Libertador.

Fantástico.

Ficaria assim pelo tempo que aquela força atuasse sobre ela.

Sem pressa. Não tinha para onde ir e não queria ir a lugar algum.

Estava ali. No lugar certo. Na hora certa. Fazendo a coisa certa.

TRINTA E OITO

E os robes? Lembra deles? Pois vamos a eles!

Madame *a-d-o-r-a-v-a* robes. De todos os tipos, cores e tamanhos. Ela os colecionava desde sempre. Alguns já tinham sido passados adiante, mas muitos continuavam com ela. E ela usava todos. Para cada um havia um momento especial.

Para quando estava carente.

Para quando estava radiante.

Para quando estava fogosa.

Para quando queria colo.

Para quando queria conforto.

Para quando queria subir no salto.

Para quando queria ficar o dia inteiro em casa, bebericando um espumante bem doce ou um chá bem quente – o que ela amava fazer.

Para quando queria jogar algo por cima da camisola – quando usava uma – que parecesse roupa, mas não fosse e então ela podia sair para a rua escandalosamente feliz. Ela sabia que estava com uma roupa de "*ficar em casa*", mas os outros não sabiam ou faziam de conta – que delícia – que não sabiam que ela sabia que eles sabiam. Qualquer coisa mais ou menos assim.

Enfim, Madame era louca, louquinha por robes, roupões, kaftans, "*peignoirs*" – chamassem como fosse, era com ela mesma!

Em um belo dia da semana, sem nada especial para fazer e em uma entressafra de sua produção artística, Madame resolveu passar a limpo sua coleção totalmente usável de robes. Eles estavam guardados pendurados, em gavetas, em caixas, junto com outras peças de roupas compondo alguns "*looks*" que ela achava legais.

Enfim, estavam espalhados por todo o seu guarda-roupa. Começou então pelos robes longos e os queridinhos. Depois, passaria para a cômoda, onde ficavam aqueles que guardava dobrados.

Tinha um muito simples, de *soft* caramelo, muito usado e muito macio, com gola grande e bolsos – indispensáveis sempre, pois Madame vivia levando coisas de lá para cá em suas andanças pela casa. Era um robe antigo, impregnado de vários de seus perfumes preferidos ao longo dos anos – outra de suas paixões.

Ao lado desse estava o de veludo molhado bordô. "*Aimeudeus*"! Ela adorava vermelhos vivos, rubros, quentes, sanguíneos e derivados. Esse robe era mais fino do que o outro, bem colante e sensual – *para um robe, claro.* Era um companheiro inseparável das noites de vinho e lareira, quando ela se sentia muito especial.

Colado nele estava um robe atoalhado azul escuro, já manchado e desbotado, bem grande e bem grosso. Excelente companheiro de banhos de banheira em dias frios, quando ela se enrolava nele tão logo se secava no banheiro quentinho depois de horas na banheira, lendo e tomando um chá bem quente. Ou um vinho tinto, às vezes. Ele tinha o cheiro residual de vários dos óleos essenciais que Madame misturava sempre em seus banhos. *Um querido, esse robe*! Sempre ali, pronto para envolvê-la carinhosa e generosamente.

Tinha ainda o robe amarelo solar, ótimo para energizar e fazer Madame se sentir radiante e radiosa. Grande e fofo, largo e macio, comprido e rodado. *Amava!*

Junto a ele estava o verde esmeralda, em uma mistura deliciosa de viscose e linho, que ela adorava pela maciez e beleza. Era um dos que ela podia tranquilamente usar para dar uma voltinha por aí.

Depois vinha um robe transparente, fino, uma gaze de linho creme – delícia das delícias. Madame adorava ficar só com ele e nada mais nos dias quentes, quando acordava e ia direto para a cozinha preparar seu desjejum Ele era fresco e confortável, cheio de pregas e bem rodado, com a gola curta e acinturado. Parecia um vestido. Mas com ele Madame não saía de casa – era fino, chique e transparente. Esse era para usar em casa, à mesa do café. Os punhos eram ajustados e finalizados com fitas de veludo, deixando o toque bem macio. Desnecessário dizer que Madame amava esse robe – era um dos queridinhos mesmo.

Todos esses eram lisos, de cores sólidas. *E os estampados?*

Um floral graúdo, em fundo preto, com estampas em turquesa, rosa e amarelo. Um *desbunde*, esse robe. Madame comprara o tecido – seda pura – em uma viagem e o difícil tinha sido encontrar alguém que fizesse o robe para ela. Suas habilidades de costura eram limitadas e não queria arriscar o investimento feito. Esperou um bom tempo até encontrar alguém à altura do tecido e valeu a pena.

O resultado não poderia ter sido melhor. Cortado junto ao corpo de Madame, o caimento era perfeito. As mangas levemente ajustadas terminando no meio do antebraço, uma gola generosa que permitia cobrir o pescoço ou não – nesse caso caindo suavemente para os lados – e um comprimento ideal para os dias mais frios. Ela usava muito esse robe! Muito mesmo. E ele ficava cada dia mais confortável. Era velho, batido, usado e estava firme lá para ela, sempre que ela desejava uma corzinha alegre em sua vida.

Havia outro, verde-garrafa com minúsculas bolinhas brancas. Madame adorava os poás. De todas as cores e tamanhos. Esse era bem sofisticado, em xantungue. Também era um daqueles que Madame vestia para sair, sem problema algum. Colocava por cima de um camisão branco ou verde ou qualquer outra cor, calçava uma sandália ou sapatilha e ia para a rua.

E tinha o de oncinha, claro. Amava essa estampa em qualquer cor. O seu era de oncinha "*tradicional*" e era seu preferido. O de todo dia, *sabe*? Simples, prático, confortável. Bem comprido, bem rodado, com bastante tecido para cobrir as pernas quando sentava no sofá da sala ou cadeira da cozinha e, principalmente, quando Madame se sentava para meditar pelas manhãs.

E os de lãzinha guardados dobradinhos em sua cômoda? Ela não resistia ao conforto da textura quentinha e macia da lã nos dias mais frios. Tinha um de lãzinha mesclada e outro cinza com vermelho, para dar uma alegrada nos dias cinzas. Uma delícia vesti-los pela manhã e só tirar à noite, antes do banho... para em seguida vesti-lo novamente!

Junto deles estavam os de flanela. Dois bem quentinhos e gostosos. Um xadrez em tons violeta, preto e azul claro e outro listrado em preto, branco e cinza. Quando Madame queria um pouco de cor e conforto, recorria a eles.

Madame era uma "*gourmet*" de robes, então ela os tinha em todos os tamanhos, tecidos e cores. E os usava. Muito e sempre. Todos os dias, em todas as estações do ano.

Quase sempre ficava de roupão em casa o dia todo. E até os colocava por cima da roupa se sentia um friozinho fora de hora. Estavam sempre à mão.

Para ela e por ela, os robes eram a peça mais importante de um guarda-roupa. E ainda tinha os *kaftans*, bem soltinhos e confortáveis em musseline lisa e estampada – um conforto extra nos dias mais quentes e com eles, sim, ela ia para qualquer lugar.

TRINTA E NOVE

E havia ainda as golas. Muitos dos robes de Madame tinham golas bonitas e diferenciadas. Havia as golas de pele – *fake*, é claro – bem quentinhas e bonitas que deixavam o conjunto adorável, emoldurando o rosto de Madame. E as golas de seda e cetim. Renda ela não gostava. "Pinicava" seu pescoço.

Ela também tinha um ou dois robes com capuz, debruados em tecidos finos. Adorava cobrir a cabeça porque não gostava nem um pouco de frio e vento nas orelhas. Nos dias frios usava os robes com capuz porque sabia que ia precisar dele quando fosse trabalhar no jardim ou quintal.

Seus robes tinham que ter bolsos. Pelo menos dois. Se Madame adquiria algum robe que não tivesse bolsos, tratava logo de costurar ela mesma, em tecidos bem estilosos, um par deles. Porque Madame não vivia sem bolsos, sempre transportando coisas daqui para ali e dali para acolá. Às vezes – somente às vezes – até mesmo seu telefone celular encontrava abrigo ali. De resto, era possível encontrar lenços de papel, caneta, óculos, raminhos ou pétalas de flores, pedriscos, chaves e qualquer outra coisa em seus bolsos. Imprescindíveis, os bolsos.

Madame preferia robes longos, na altura das canelas. No verão até usava um comprimento um pouco abaixo – ou acima – dos joelhos, mas os preferidos eram mesmo os longos – sentia-se melhor com eles. Porém, quando o calor era intenso ela ficava só de camisola de alcinha em casa o dia todo e, se fosse necessário, jogava um robe fino e colorido por cima para ir até o portão ou quintal. Não se importava muito pois morava bem afastada tanto na praia quanto no campo.

Bem, na praia ela passava muito tempo de maiô ou biquini. E colocava o robe por cima somente para se sentir mais confortável em suas andanças pela casa – quanto menos roupa, melhor. Até já tinha instituído os "dias sem roupa". Vários deles, *rsrsrsr*.

A verdade é que Madame só se vestia de vez em quando. Por isso os robes eram tão importantes para ela.

Se fosse necessário, ela jogava um deles sobre o corpo e pronto. Daí porque havia tantos deles espalhados estrategicamente pela casa. No sofá da sala, atrás da porta da cozinha, no vão da escada, no seu quarto, no banheiro e mais alguns largados em locais aleatórios, da última vez que Madame usara e deixara por ali mesmo.

No verão era uma festa. Mas no inverno, não. Madame era friorenta. Já tinha sido bem mais e a menopausa tinha liberado Madame desse inconveniente, mas ainda assim inverno era coisa séria para Madame. Fogo na lareira todos os dias, meias felpudas e grossas, robes longos e quentinhos e, quando estava mesmo muito frio, pijamas.

Chás e sopas.

Vinho.

Risotos, macarrões e pães...

Ah!! Que delícia.

Longos dias em frente à lareira, lendo e escrevendo. Pensando. Refletindo. Meditando. Criando.

Cozinha aquecida e abastecida, trabalhando a todo vapor para manter Madame alimentada e feliz.

O jardim adormecia no inverno e Madame aproveitava para hibernar um pouco também. Era nesse momento que ela se recriava, reinventava, restaurava. Ela amava a solidão e o frio do inverno. Preparava-se com antecedência para essa ocasião e se retirava para uma longa temporada consigo mesma.

Mas houve vezes em que Madame burlou esse ciclo e foi viajar para lugares quentes. Então, aproveitou muito, deixando que a luz e o calor do sol penetrassem fundo em seu ser, para voltar para casa iluminada e recarregada. Essas ocasiões foram divinas e inesquecíveis e o corpo de Madame as registrara com grande prazer, usando essas memórias para manter Madame no prumo, quando fosse necessário.

QUARENTA

Amanhecera chovendo. Ela ouvira o som forte da tempestade durante toda a noite. Acordou pensando nas filhas. Todas as cinco lhe vieram à mente.

Brenda – *não queiram saber de onde tirei esse nome, não tenho a menor ideia* – era formada em engenharia mecânica. Feliz com sua profissão, acumulara diplomas e tinha suas outras áreas de interesse: yoga, pintura e história celta.

Maya atuava na área de biologia molecular – *não faço a menor ideia do que ela faz* – e era CEO de uma multinacional. Trabalhava 10 horas por dia e nos finais de semana fazia trabalho voluntário com crianças e idosos. Estudara arqueologia e medicina tradicional chinesa. Era perfumista também.

Bianca era bibliotecária, historiadora e faixa sabe lá que cor de judô – *já perdi a conta.* Era proprietária de um pequeno bistrô com o companheiro e fazia *trekking* no seu tempo livre.

Oriana atuava no mercado financeiro e a cada 3 anos fazia 6 meses de sabático para repensar a vida e manter sua mente e suas opções abertas. Cozinhava maravilhosamente bem – *puxei a ela (!)* – e era também terapeuta floral.

Clara era pianista e estudante de medicina – *herdou meu piano, assim como eu herdei o de minha avó* – e tinha seus dias totalmente preenchidos com essas atividades. Quando não estava estudando, estava ao piano. Seus finais de semana era passados no mar, sempre que podia. Adorava velejar.

Todas tinham saído à mãe, *rsrsrsrs.*

Tinham seus relacionamentos sérios e profundos, porém tinham todas optado por viver sozinhas em suas casas. Seus companheiros eram jovens adultos que atuavam em áreas tão distintas como música, inteligência artificial, medicina integrativa, ginástica olímpica e o meio acadêmico. Não faço a menor ideia de quem está com quem.

Se resolverem mudar de ideia em qualquer área de suas vidas a qualquer momento, tudo bem também.

Mas sei que elas estão bem e se sentem felizes por hora. Então, por hora, isso me basta. E, quando a coisa aperta, nós nos reunimos em conselho para nos dar suporte umas às outras.

Não ouvindo mais o som da chuva, Madame foi dar uma conferida na janela. Levantou pronta para um novo dia, de alma lavada e cara limpa. Enviara suas melhores intenções e todo o seu amor àquelas mulheres maravilhosas às quais tinha dado à luz.

Agora ia cuidar de sua vida.

SUA.

VIDA.

De novo.

E de novo.

Até que alguma delas enviasse um sinal de fumaça e elas se reunissem em conselho novamente, felizes da vida – mesmo na adversidade.

editoraletramento
editoraletramento.com.br
editoraletramento
company/grupoeditorialletramento
grupoletramento
contato@editoraletramento.com.br

editoracasadodireito.com
casadodireitoed
casadodireito